U0137449

尔雅心语

巴特尔 著

内蒙古人民出版社

图书在版编目(CIP)数据

尔雅心语 / 巴特尔著. -- 呼和浩特 : 内蒙古人民出版社, 2019.11

ISBN 978-7-204-16200-0

Ⅰ. ①尔… Ⅱ. ①巴… Ⅲ. ①散文集-中国-当代 Ⅳ. ①I267

中国版本图书馆 CIP 数据核字(2019)第 298083 号

尔雅心语

作　　者	巴特尔
责任编辑	王世喜
封面设计	刘那日苏
责任校对	李向东
责任印刷	王丽燕
出版发行	内蒙古人民出版社
地　　址	呼和浩特市新城区中山东路 8 号波士名人国际 B 座 5 楼
印　　刷	内蒙古爱信达教育印务有限责任公司
开　　本	787×1092　1/32
印　　张	7
字　　数	150 千
版　　次	2019 年 11 月第一版
印　　次	2020 年 6 月第 1 次印刷
印　　数	1-2000 册
标准书号	ISBN 978-7-204—16200-0
定　　价	30.00 元

如发现印装质量问题,请与我社联系。

联系电话:(0471)3946230

网址:http://www.nmgrmcbs.com

目　录

生长的短语

——序作家巴特尔短语新著《尔雅心语》

■ 张阿泉

前些年，常有机会与巴公共同参与青城书人的宴聚，席间好友赠书题字，得享一夕相晤畅谈之趣，十分快慰。近几年，巴公似乎愈习惯于“宅守”，大家也就随之失去了很多相互“亲聆謦欬”的机会。好在巴公的思考不停、激情不减，灵感与妙悟如山泉般流淌，主打的短语手札仍定期在《北方新报》的相关专栏里晒出来，算是用另一种“笔谈”方式持续发散着他“思想的芬芳”。

生于1941年的巴公，虽已进入枫丹晚年，但观察其活跃涌动的写作态势，并无迟暮得一派颓废，显示出的反倒是越来越湛醇明澈的“芳华”。我所说的“芳华”，当然是指巴公的精神年龄。近一二十年来他潜心读书思考，尤其惯以短语方式对复杂人生进行多维度的辨析拷问，这使他的精神年龄始终保持在“芳华”阶段，其陆续出版行世的十多本成色扎实的短语集就是明证。而且，这种业已形成个人风格的“巴式短语”，属于一种“生长的短语”，即随着生命年轮的递增而日近透彻明晰，真可谓把“寸光阴”都淘成了“寸金”，一寸有一寸的开掘，一寸有一寸的生发，一寸有一寸的长进，这是最令人叹服的。

如今展摊在读者眼前的书稿《尔雅心语》，乃“芳华”巴公的又一本新的短语采获，经由内蒙古人民出版社编审王世喜兄悉心打理，呈现出一贯的短语气质、连贯的睿智风格。小书制式依旧，仍粗线条，分为自然意象、人生况味、心灵境界、修养妙悟、道德审视、哲理思辨、精神家园七辑，视角貌似分门别类，内涵实则混合交叉，难以分清界线。本质上，无论巴公在谈论什么，都是在谈人，都是对人生真味与意义的感知与追寻，这也是他钟爱短语写作的“核心诉求”。

在前几次为巴公短语集所写的小序中，我已对“巴式短语”的美学特征做过深入解读，这里不再赘述。最近翻读了一本也是内蒙古人民出版社在1982年出版的藏书《蒙古族谚语》,发现蒙古族格言与其他民族格言之间有很多相似之处,只是表达风格更具有草原色彩而已(譬如"宁按自己的自由喝冷水,别按人家的意志喝奶油",类似于汉语的"宁为玉碎不为瓦全";"当一次鹰,胜于当一辈子乌鸦",类似于汉语的"宁为鸡口勿为牛后";"好马从驹时异群,好汉从幼时异众", 类似于汉语的"自古英雄出少年")。想来这也属于正常现象,其原因约略有二:一是对同一个问题,真理只有一个,只是表述微有区别;二是人同此心,各民族之间感情相近、思理相通,构思与表现手法便多有巧合与偶合。自从巴公侧重短语写作以来,已先后蚕吐出数千条谚语式短语,用前面说的理念来审视,可发现其中同样有不少"似曾相识""形异神似"的条目,这既因"太阳底下没有新鲜事物",也因"真理总是老生常谈"。人性与科技不一样,科技时时在更替刷新,而人性的变化缓慢迟钝,几百年,甚至上千年几无改进提升,故而久远年代的先哲解剖人生奥秘的经典著作(如古罗马时期的《沉思录》、古希腊时期的《爱经》)拿到今天来看仍深具现实意义。通览新结集于《尔雅心语》所收的这数百条短语,并无稀奇古怪的角度、振聋发聩的力度、万人空巷的热度,逐句品来,仍是一些已探讨琢磨过许多遍的旧物事、老人情、平常心,而作为已然成熟的“思想者”,巴公恰恰是在“难以下镐”的俗套话题领域完成了自己“智慧金矿的开掘”。

在《尔雅心语》中,巴公的短语似乎呈现出更为亲切诚挚的“笔谈”口吻,像好友间的絮语,没有训诫,只有倾心而谈;同时,又更加擅于从司空见惯、熟视无睹、耳熟能详的角度巧妙发力,用最平实的白话,高难度捕捉一丝一缕“意外”的禅悟与心得,做出一个漂亮的思想“前滚翻”或“后滚翻”。我现从每一辑中“取一瓢饮”,试举七例:一,“爱大自然,不仅要贴近自然、融入自然,更要师从自然,这才是真正的道法和敬畏”(这句话提醒人们光享受旅行是不够的,还要虚心向自然学习);二,“书画,讲究‘留白’,这是一种艺术境界。人生,其实一样,也要懂得和学会‘留白’,诸如话不说满,事不做过”(这句话通俗易懂,富含人生机趣,很多人知道却做不到);三,“孤独种种,各有不同:当孤独是一种习性时,即会孤僻;当孤独是一种品性时,则会慎独”（这句话的真正含义在于“习性”与“品性”的“近义词辨析”，辨析出了两者间细微却巨大的美学差异）；四，“只有面对镜子，才会正视自己；只有擦亮镜子，才会看清自己”（这句话强调的不是“镜子”，而是“面对”和“擦亮”这两个具有递进关系的动作）；五，“诚实，镜子是我们的榜样：对丑的，回报以丑，决不掩饰；对美的，回敬以美，决不扭曲”（这句话继续以“镜子”为喻体，强调的确实是“镜子”，它的“诚实”远超爱撒谎爱吹牛的人类）；六，“‘问渠那得清如许，为有源头活水来’，这是宋代诗人朱熹的名句，经解读，它让我们领悟到两个成语，一是‘水到渠成’，一是‘源远流长’”（这句话殊为灵动机智，对朱熹名句进行升级版点评后，妙悟自在其中矣）；七，“一般匠人只会说：朽木不可雕；而真正的艺术家，则可以化腐朽为神奇”（这是一句变“朽”为“不朽”的审美开示，意思非常接近日本“以陋为美”的侘寂美学和“以枯为美”的枯山水美学）。

《尔雅心语》虽是一本简淡小书，却并不是一本容易读通透的书，它与之前的其他短语小书一样，融汇着作者近八十年的人生经验，当然也需读者能以丰厚阅历来对书中的“干货”进行缓慢的咀嚼消化,若以浮躁之心匆草阅读这种“盐巴”一样的文字,恐只能浮光掠影,品咂不出什么滋味。作家徐迟曾在《瓦尔登湖》一书的译序开篇说:“你能把你的心安静下来吗?如果你的心并没有安静下来,我说,你也许最好是把你的心安静下来,然后你再打开这本书,否则你也许会读不下去,认为它太浓缩,难读,艰深,甚至会觉得它莫名其妙,莫知所云。”徐迟先生在1982年对读者提出的这个要求,现在依然甚至尤其不过时。

“心静乾坤大,欲少智慧多。”以此来形容“知行合一”的巴公,很是恰切。他的短语写作源头是“个人修为”,是其长期淡然物欲、超脱名利、克制内敛的修德生活。巴公的思想远行还将继续,他与读者的“短语之约”也会一路并行,这是他耗费心血奉献出来的“灵粮”,更是诸多喜爱他作品的读者之福。大家都知道苏格拉底说过“未经思考的人生不值得过”,其实苏格拉底还说过更深刻的另一句“美德即智慧”,意即“美德乃孕育智慧之母体”。巴公既是爱思考人生的人,更是讲美德的人,在喧哗时代里,他发出的声音如此低频而又如此清晰,持续且富于柔韧的穿透力,始终熏染引导着人们向真向善向美而前行,这也是他最值得大家学习与追慕的地方。

小序一篇,聊记拉杂细碎读感,并再续我与巴公之间难得的“序缘”。

2020年3月18日至28日
断续写毕于青城之春

2020年3月18日

自然意象

热爱大自然
故亲近自然
是人类的景仰之情
珍爱大自然
故尊崇自然
是人类的敬畏之情

热爱大自然,故亲近自然,是人类的景仰之情;
珍爱大自然,故尊崇自然,是人类的敬畏之情。

爱大自然,就要走进自然,融入自然,呼吸它的呼吸,感受它的感受,从而找回自在的心性和自由的恬静。

爱大自然,不仅要贴近自然,融入自然,更要师从自然,这才是真正的道法和敬畏。

天高地厚,是大自然对人类的恩泽——一个让日月昼夜普照,一个让万物四季生长。

日月山川,是自然的意象;
春夏秋冬,是季节的时尚;
赤橙黄绿,是大地的盛装。

天高地阔,浩瀚是一种诱惑;
山环水绕,奇美是一种魅力。
所以,置身其中,则有诗和远方。

是天是海还是山,其实都是自然;
是日是月还是星,其实都是光明;
是红是黑还是白,其实都是色彩;
是花是草还是树,其实都是景物;
是年是月还是天,其实都是瞬间。

诱于一种魅力,花说:为什么不绽放自己,哪怕栉风沐雨;

诱于一种神秘,烛说:为什么不点燃自己,哪怕珠泪成滴。

奇石之美在于:有形、有色、有质、有意、有蕴、有境,故山得石而雄,水得石而清,园得石而雅,人得石而悟。

有大地,有种子,有汗水,果实就在,根系就在,生机就在。

鸟语,任其争鸣;
花香,任其流芳——
美妙自在其中,趣味自在其中,意韵自在其中。

风止云晴,云晴雨停,雨停花开,花开蝶来……故风云雨花蝶,虽若即若离,却是彼此的景观。

最美的风景:
既有近景,又有远景;
既有景色,又有景物;
既有景象,又有景致……

正像美食的味道不只在舌尖,更在心中;
其美景的风光也不止于眼前,更在脚下。

“飞流直下三千尺,疑是银河落九天”——瀑布是江河绝处逢生的奇美风光和义无反顾的壮丽景观。

瀑布挂壁,谁说是走投无路,分明是绝处逢生;
飞流直下,谁说是一落千丈,分明是高歌壮行。

上善若水:
若为溪流,则源远流长;

若为江河,则大江东去;
若为沧海,则海纳百川。

山高,可高瞻远瞩,故会当凌绝顶,一览众山小;

水长,可长流不息,故黄河之水天上来,奔流到海不复回。

山空自然静,谷幽自然深,云淡自然闲,风轻自然爽。

空谷绝响,作为一种自然意境,可谓空而不寂,寂而不沉,反而更显空幽,更觉空灵。

山有多高,山林就有多高,依势而长,顺其自然;

谷有多长,山泉就有多长,顺势而淌,然其自然。

雾里看山,山崖似仙;
云中观崖,山崖如佛;

而雷电来袭，山崖则是勇士。

地上山水美妙，梦中山水奇幻；
画上山水壮丽，胸中山水雄奇。

宇宙如果没有太阳将会怎样？
天空说：从此不再有月色和星光；
大地说：永远不会有色彩和芳香。

太阳是火红的，月亮是银白的，大海是湛蓝的，草原是碧绿的，沙漠是金黄的……故大自然呈现出的美，不仅色彩缤纷，而且变幻无穷。

星星说，月光美；
大海说，月色美；
花丛说，月影美……
其实，明月无处不在，月夜无时不美！

月明星稀，其俏皮的月总挂在树梢，而羞涩的月却藏在云后，只有陶醉的月才跳进海里。

流星坠落,既没有呻吟,更没有惊恐,难能可贵的是,其只在瞬间即用燃烧和闪烁走过一生。

四季轮回,各有其美:
一季一景,一景一观,一观一境,美美与共。

春风、夏雨、秋霜、冬雪,各有各美,各是各景,此乃四季自然美景的轮回。

春走近夏的时候,夏歌唱了;
夏走近秋的时候,秋陶醉了;
秋走近冬的时候,冬沉思了;
冬走近春的时候,春苏醒了——
四季轮回,是一首既有韵味又有情趣的格律诗。

春华秋实,不是生命的谢幕,而是宣告一个收获的季节;
叶落归根,不是生命的收场,而是留藏一段难忘的岁月。

春对秋说:暗暗飘香的,那是静静绽放的花;
秋对春说:默默成熟的,正是累累挂枝的果。

春风吹拂,万物方可复苏;
春雨滋润,绿树方可成荫;
春光明媚,秀色方可满园。

夏天与云不舍,因为可见雨中奇景、雨后彩虹;
冬天与云不舍,因为可见雪染红梅、雪压青松。

飞雪是动人的飘舞,没有雪的冬才是真正的苍凉;
朗月是美丽的诗画,没有月的夜才是真正的晦暗。

风雪交加,既是不舍,又是互赏——
风自有风的芳踪,雪自有雪的倩影;
风自有风的豪兴,雪自有雪的柔情;
风自有风的愿景,雪自有雪的幻境。

狂风,虽然刮得响,但永远没有欢歌之韵;

暴雨,虽然下得猛,但永远没有热舞之魂。

轻风中看云,云是一段柔美的锦;
阳光中看云,云是一幅明亮的画;
月色中看云,云是一首朦胧的诗。

同为雨水,命运却截然不同:
有的投身大海,生命从此不朽;
有的寄身沙海,生命就此窒息。

种子,是大自然神奇的魔术师:
繁花,是它点缀的彩星;
绿荫,是它编织的彩绣;
硕果,是它悬挂的彩灯。

苍松宜雪,碧柳宜风,青萍宜露,红叶宜霜……如此,才有大自然多姿多彩之美。

叶曾经是叶,花不仅是花,而果实则更微秒,其同时还是种子。

花是果的貌,春把魅力写在花瓣上;

果是花的心,秋把魅力藏在果实中。

如果叶是生命,枝是生命,那么根就是生命之本,故根深才会枝繁,枝繁才会叶茂。

绿叶虽然枯败,鲜花虽然枯落,而挂满枝头的累累秋实,又何尝不是季节生命的风采。

鲜花情真,该绽放就绽放,为春增色;

绿草情深,说远行就远行,为夏添彩。

鲜花绽放,既有流芳,也有暗香,其有的浓抹,有的淡妆;

绿叶成荫,既有絮语,也有浅唱,其有的情真,有的意浓。

鲜花固然美,绿叶亦不失美,而当鲜花和绿叶相衬、相扶、相映时才觉更美。

铁树所以开花,因其信念执着;

昙花何以一现,因其珍惜当下。

花开花落自有时,其既有始终,更是轮回,故诗联有云:“又是一年春草绿,依然十里杏花红。”

崖畔观景,无处不雄;
海上观景,无处不阔;
大漠观景,无处不奇;
园中观景,无处不雅。

雄鹰展翅,越是大漠,越是荒野,越是莽原,就越要高翔和飞越。

雄鹰逆风,更有助于展翅高翔,只要羽翼丰满;
飞舟逆流,更有助于扬帆远航,只要乘风破浪。

蝶点缀花蕊,为的是装点美丽;
蜂穿梭花间,为的是采撷甜蜜。

孔雀恃傲,对雄鸡说:你能开屏吗?
雄鸡不屑,对孔雀说:你会报晓吗?

鹦鹉，徒有漂亮的羽毛和艳丽的外貌，而最大的遗憾则是没有自己的头脑。

笼中之鸟，一旦觉得既安全又舒适之后，便不再眷恋蓝天和向往自由。

癞蛤蟆想吃天鹅肉，作为一种讽喻，其如此无知即是痴心妄想，其如此幼稚即是异想天开。

变色龙，从来没有本色，但永远是流行色。

鹤立鸡群，是特立，还是孤高，既取决于旁观者的思维惯性，又与观赏者当下的心境相关。

人生况味

人生
有信仰就会守信不失信
有信念就会坚信不迷信
有信心就会自信不轻信

人生，有信仰就会守信不失信，有信念就会坚信不迷信，有信心就会自信不轻信。

人生，坚强作为一种品格，坚持是它的修养，坚定是它的涵养，坚韧是它的素养。

人生，若有自知之明和知止之智，作为一种修为，则会明得失而游刃有余，亦可知进退而收放自如。

人生，其傲骨不可无，当属无疑，而傲气只要不是恃傲，当不当有则应视情而定，切不可一概而论。

人生，有志气方可有底气，有胆气方可有豪气，而底气足和豪气壮则又会表现得朝气蓬勃、意气风发和血气方刚。

人生，有学识方可成才，有见识方可成器，有胆识方可成功。

人生，无论学会变通，还是善于融通，只有以不变应万变,方可一通百通,融会贯通。

人生,只要懂得善待他人,其实最终善待的正是自己。

人生,静以修身,其静是一种明慧,亦是一种谐美。诸如:安静而宁,清静而新,气静而定,心静而平。

人生,最好的心态是坦然,最好的心性是豁然,最好的心境是释然。

人生,如若自尊是尊严,尊严被尊崇,则作为一种人格和品性,其二者都不该受辱。

人生,难得有贵人相助,这是交好,但更美好的则是:自我修养,自觉持度,并最终也成为贵人。

人生,只有不为虚名所困,不被私利所扰,才会淡泊明志、宁静致远,既活得舒适自在,又活得丰富多彩。

人生,有理想光芒的照耀,有信念追求的壮行,有榜样力量的鼓舞,无论目标宏伟还是远大都可以实现。

人生,一路追求,其实是无止境的。否则,如若在失败面前止步,则永远不会取得成功,而如若在成功之后止步,其失败可能就等在不远处。

人生,成熟必要,成才重要,但同时不该的是以失去个性和纯真为代价。

人生,有时只要转变即可,有时则需要巨变,甚至蜕变,方可出现转机和改变命运。

人生,能行难行之路,敢为难为之事,方可圆难圆之梦。

人生,既然有选择,就必然有拒绝。至于拒绝什么,当然是在坚持应该坚持的同时必须舍弃应该舍弃的。

人生，得失本寻常。故得到本不该得到的，即是一种不幸；而失去本该失去的，则是一种庆幸。

人生，虽有差异，但这只是差别，而决非差距，当然更非由此而引发的落差和误差。

人生，都会有曲折和坎坷，难得的是：

志者斗志昂扬，故依然一路前行；

强者自强不息，故照样一往无前。

人生，长处要全力弘扬，短处应尽力规避。只有如此，方可取长补短，使长的更长，短的更短。

人生，不因贫困而卑贱，不因卑微而痛苦，只要自信乐观，不懈追求，即可拥抱幸福和创造未来。

人生，无论谁，没有遗憾是不可能的，怕的是因抱憾而使遗憾成为无法补救和挽回的缺憾。

人生，有一种遗憾是功败垂成；

相反，有一种骄傲是反败为胜；
同时，有一种庆幸是转危为安。

人生繁茂的枝叶，修护要靠修养的持度；
生命绽放的花朵，滋养要靠涵养的持守。

人生，爱大自然，是一种情怀；而由于酷爱，心灵为之变得更纯、更静、更美……则升华为多种情境。

人生，有一种认知之见是：
所有偏见，都不会成为见识；
只有卓见，才可能有所见地。

人生，需要理解时，其担心的是被误解；而面对误解时，则渴望的是被理解。

人生，有本事还是没本事，本事大还是本事小，绝不是一开口随便说出来的，而是见证于一路走来一言一行所展示的风姿和所呈现的风采究竟如何。

人生,无论声誉,还是荣誉,只要实至名归,都必然远离虚荣,而所有的虚荣则必然与虚伪相邻而居。

人生,面对俗世利欲的种种诱惑,可谓险象环生,但只要不贪图更不轻率冒险,不贪婪更不铤而走险,如此险象再多也会化险为夷。

人生,有时知其不可往而往之,是勇气,故可勇往直前;而有时知其不可为而为之,则是鲁莽,故会无所不为。

人生,可以有各自的观念,或不同的观点。但不论各自的观念和观点有何不同,应该清醒的是,它们共同面对的真理却只有一个。

人生,有所作为和大有作为的区别之一:前者有时能够把优秀改写成为优异,后者却常常可以把优势改变成为优胜。

人生得悟,其聪者在困境中解悟,智者在窘境中颖悟，觉者在危境中顿悟。

人生修度，能心情舒畅、心胸豁达、心气平和、心态沉稳、心地善良、心境高远……并如此持守，则不枉此生！

人生修持：得之坦然，失之泰然，故而面对得失，方可释然。

人生修为，放弃和舍弃的不同：前者大多是各种无奈，而后者则是大智若愚。

人生修性，放肆是大忌之一：故放任之情少生，放纵之事少做，放空之话少说。

人生境遇，与一帆风顺相比，逆流而上和乘风破浪才更值得称羡。

志气人生，虽然难免失败，但可贵的是更加自强不息；

智慧人生，虽然青睐成功，但难得的是从不自我陶醉。

人生有梦，大梦也好，美梦也好，不追难圆，不逐难成，故再大再美都是幻梦。

人生失意，各有不同，诸如：今天的焦虑，曾是昨天的快慰；

人生失落，亦各有异，诸如；今天的逃避，曾是昨天的机遇。

人生选择，至关重要，诸如选对方向，才会一路远行；

生命抉择，更为关键，诸如择准目标，就会少走弯路。

人生阅历，不知有难是错，即错在无知，如若知难而退则更是错上加错，即错在无志。

人生路上，若望而却步则寸步难行，若故步自封则举步维艰。故前行必须脚踏实地，而远行更要坚持不懈。

人生如戏,如果在戏里,就当一个好演员,不管什么角色;

戏如人生,如果在戏外,就当一个好观众,无论什么身份。

有为人生,任重道远,但只要尊重知识,拥有智慧,崇尚德能,就一定会始而有所作为,继而大有作为。

有为人生,不但要有志向,更要有志气;

智卓人生,不但要有气度,更要有气魄;

精彩人生,不但要有魄力,更要有魅力。

人生有所作为,能把压力变为动力的,可谓志者;

人生大有作为,能把阻力变为助力的,可谓强者。

人生有所作为,无论胆气,还是勇气,都源于志气;

人生大有作为,无论豪气,还是浩气,都源自神气。

诗意人生,心中的诗情如云蒸霞蔚;
画境人生,笔下的画意如花团锦簇。

人才成长,只要勤奋,总会崭露头角;
人生成功,只要奋斗,总会出类拔萃。

人生追求,远行的脚步从不停歇,其阔步而行为之增光,其跨步而行为之添彩。

人生立志,无论志气大还是志向远,都必须意志坚。其坚,既要坚定、坚实,更要坚毅、坚韧。

人生有知,是一种修为和境界。诸如:知书者达理,知足者常乐,知恩者图报……

人生有智,其最聪慧的灼见是有自知之明;
人生无知,其最昏庸的愚见是自以为无所不知。

人生无畏,让人敬畏,故倍加珍惜;

人生无为,让人难为.故倍觉惋惜。

人生漫长,对一般人而言,所有的机遇都可能是机会,而真正能够把人生路上遇到的危机改写为转机的,则只有志者和智者。

漫漫人生,一路走过,总会有若干重要节点,但其只要不是终结,每个节点同时又是新的起点——如此,人生才会一路远行。

人生凡成大事者,不仅要立大志,并志存高远,而且要有才智,并足智多谋。

敢于拼搏的人生,努力就要尽力,即不遗余力;

勇于挑战的人生,发力就要奋力,即竭尽全力。

人生不得志,有的可能是志向不明确,故无所适从;

人生不作为,有的可能是意志不坚定,故一事无成。

像天有日月星，像花有色香味，人生的光鲜和靓丽，缺一不可的则是精气神。

人生在追求成功的路上，相较重要的是面对困惑时如何完善自我，而关键的则是身陷困境时怎样战胜自我。

人生亦如棋局，故在对弈中的大忌是举棋不定，而切记的则是落子无悔。

人生没有限度，但有极限。故只要活得厚度够厚、宽度够宽、高度够高，不给自己留遗憾就足够了。

人生是一张白纸，上面既可以写，也可以画。既然如此，那么要写就写最优美的文字，要画就画最壮美的景观。

人生有许多时候需要忍受，而有所作为的人生则是先把忍受变为忍耐和承受,然后再把忍耐变为耐性,把承受变为享受。

人生有时所以选择剑走偏锋,是为了另辟蹊径,绝处重生,而且只有这样的智勇和担当,才会展现与众不同的精彩。

人生没有回头路,无论多么曲折,也无论多么坎坷,都必须脚踏实地走到最后,而且只有一路走过,才会领略和欣赏到沿途美丽的风景和奇妙的风光。

人生的真实有时是:真正的自信最踏实,真正的自立最扎实,真正的自强最靠实,真正的自尊最诚实,真正的自爱最朴实。

真正的精彩人生:是在用出彩的瞬间谱写每个当下的同时,更让明天的憧憬大放异彩。

美好的人生:

与其改变他人,不如完善自己;

与其羡慕他人,不如做好自己。

美妙的人生:
或因和美而获美誉,可谓赞美;
或因谐美而被赞美,可谓美誉。

优美人生是:先把优美变为优秀,然后再把优秀变为优异;
优质人生是:先把优质变为优势,然后再把优势变为优胜。

快意人生是:面对失意,能快乐通达;
宽解人生是:面对曲解,能宽容豁达。

人生的最大欣慰是:不忘做真实的自己,难得做最好的自己,而且二者互为因果。

物竞天择,故天道酬勤,其对美好人生的启悟:有坚定的信念,就有顽强的意志和不懈的追求,故无畏而高远。

人生输赢，有一句话说得非常好，那就是：只有输得起并不怕输的人，才会成为最后的赢家。

人生百态，诸如：有时对同样的憾事，有的人无怨无悔，有的人或怨或悔，有的人则又怨又悔。

人生厚重，要旨有三：一是拒绝浅薄，二是远离轻狂，三是摒弃妄念。

在人生成长的历程中，无论什么艰难，还是何种困苦，都将成为生命宝贵的财富——这既是志者的志气，亦是智者的智慧。

有理想当然好，而有思想更重要。如此，人生方可畅想，而从不妄想，甚至狂妄。

好事好做，真话真说，善心善存——无憾的人生，如此足矣！

好话好说，好事好办，好人好做，才会有好上加好的人生和好中向好的生命。

精力充沛，并养精蓄锐；
精神饱满，并励精图治——
如此人生，令人羡慕和向往。

爱人所爱，憎人所憎——爱憎分明，才是真实的人生。

用思想立言，用品格立德，用精神立命——如此人生，当可树碑立传。

什么都不懂，人生一定愚昧；
什么都不想，人生一定平庸；
什么都不干，人生一定无为。

真身自在，真心自由，故智慧的人生从不奢望高攀和高就，而是放低姿态，保持低调，最终高可成低可就。

源净则流清，心静则思远。故“净”“静”一旦成为人生修养的悟境，方可远离执迷和摒弃妄念。

人性,初心源于本真,而人生,初心不改则为率性。由此可见,初心不改,无论是一种习性,还是一种禀性,都难能可贵。

忙闲有度,是人生的修持。其忙里偷闲,清闲闲出的是雅趣,安闲闲出的是意趣.悠闲闲出的是情趣。

笑对人生,无论甘苦.淡泊明志方可乐观;
笑谈人生,无论进退,宁静致远方可达观。

志者的人生把加法做到极致,故该拿起的时候及时拿起;
智者的人生把减法做到精致,故该放下的时候适时放下.

大道至简,简是单纯,简是约略,简是洁净,简是朴质……故删繁就简的人生,既是一种智慧,更是一种魅力。

如诗的岁月和人生,随时等待诗心的灵感不期而至的造访。

书画,讲究“留白”,这是一种艺术境界。人生,其实一样,也要懂得和学会“留白”,诸如话不说满,事不做过。

凡事有度:诸如宽容不可宽纵,严厉不该严苛;诸如得意不可得宠,失势不该失态……故此,人生讲究适度,其既是艺术,更是境界。

气壮山河是一种豪迈,气定神闲是一种沉稳,故有为人生,既要有前者的浩气,又应有后者的正气。

只有事业成功背后的艰难险阻,有为人生的故事才会生动曲折和引人入胜。

人生有输有赢既是自然,又是必然,故只要不是为了输而输,更不是因为输而输,所以只要想赢,就应不怕输,而且只有输得起,才更赢得值。

人生虽有失意，但不应有怨，故志者所想依然是志在必得，其值得赞赏；

人生亦有失败，但不该抱怨，故勇者所为依然是勇往直前，其值得赞扬。

做事想成功，要有胆略；

做人想成器，要讲韬略。

总之，人生要想大有作为，谋略决不可少，更不可无。

好人难做，为什么还要好人好做；

好事难办，为什么还要好事办好。

所以如此，这是修好人生的不二选择。

困难久了，便成为苦难；

苦难深了，便成为灾难。

故人生不仅会面对困难，更要挑战苦难和战胜灾难。

苦难，作为一种境遇，经历并超越了；

灾难,作为一种遭遇,经受并战胜了——

这样的人生,最大的欣慰不仅仅是成功,而是由此变得更加坚韧和顽强。

奋斗,有追求冲浪;

奋进,有精神破浪;

人生则会激流勇进,并扬帆远航驰向彼岸。

只有追求不懈,信念不变,并最终美梦成真和事业成功的,才会有幸福圆满的人生。

如果当我们赚到的财富越多,同时被财富榨取的也越多——人生如此,则是最大的失败。

面对艰苦、艰难、艰险的种种考验,只有坚持不懈、坚韧不拔、坚不可摧,方可有坚苦卓绝的美好人生。

逆境中能够坚守信念,顺境中则会信心百倍。故人生有为,始终不可缺失的品格是自信、自强和自立。

当身处进退两难时,人生不外有两种决策:

其下策是顺势而为,退而求其次;

其上策是逆势而上,当以退为进。

克勤克俭,其勤能补拙,俭以养德。故人生如此,则不会贫贱,更不会卑微。

兼听则明,偏听则暗,故善听者可有智慧人生;

既知其然,更知其所以然,故深知者可有智悟人生。

心轻如羽,舍弃该舍弃的,身轻如燕,放下该放下的,人生才会有自由之躯和自在之魂。

得失本无常:

有时你以为得到的,其实正是失去;

有时你以为失去的,恰恰正是得到。

故人生能够“守常”的,恰恰是修养的一种常态。

既不逞强，亦不示弱，认认真真做人，实实在在做事，人生总不会太差，当然决不会出现偏差，更不会产生逆差。

百尺竿头，决非人生的尽头，而只有更进一步，并知难而进，才会提升心灵追求的境界。

烦心事是什么？处理不好则既烦恼又纠心；

烦琐事是什么？处理不当则既繁杂又琐碎。

如此人生，哪里还有诗和远方。

如果人生是诗和远方，它的终点一般是句号，也可能是逗号，当然最好是感叹号，或者省略号，而唯一应该规避的是问号。

如果名不副实，则会名存实亡；

只有名副其实，才会不负盛名。

故此，人生要想踏踏实实走过，就决不能虚有其表和徒有虚名。

推开门和窗，既可以走出去由近及远，又可以望过去以小见大。人生若能如此,心中的理想和脚下的目标才会远大。

由惊艳而惊羡,惊是一种喜;
由惊疑而惊异,惊是一种奇。
人生,时有惊喜当然美好,每有惊奇则更美妙。

当视财物和名利为身外之物时,方可有弃恶扬善的人生。

一方面是德高望重,一方面又才高八斗,当二者集于一身时,则是德才兼备的精彩人生。

俗话说:没有规矩,不成方圆。故人生只有依规而不逾矩,方可求得圆满。

每个人,无论什么时候来到世上,都只有一次,而且各有长短,故令人思忖和清醒的是:人生,其短的不一定平庸,所以无憾其生;而长的不一定超群,所以抱憾其终。

工作难免单调，但对认真的人，决不会枯燥；
生命不该乏味，但对无聊的人，必然会浮躁。

生命，真诚首先要能够真实，忠诚首先要能够忠贞，坦诚首先要能够坦荡……就是这样一个“诚”字，却有如此丰富的内涵和意蕴。

生命，灵魂一旦诱迹斑斑，“灵”不再有灵光、灵气，“魂”难再是神魂、英魂。

生命宝贵，故应敬畏，所以——
有些东西是不能迟到的，诸如追求；
有些东西是不应错失的，诸如机遇；
有些东西是不该奢望的，诸如成功……

生命崇尚高贵，不是为了高人一等，也不是为了让人高看一眼，而是为了能有德高望重的声誉。

生命是宝贵的，故对生命的真实感知，有时应站在生命之上；

生命是诚实的,故对生命的真性感悟,有时又应置身生命之外。

忠诚是一腔真诚,赤诚是满腔热忱——一个"诚"字,无论怎样表述,它的意蕴永远是指生命的诚实、诚朴和诚挚。

如果是一片沃土,只要有辛勤播种和挥汗耕耘的付出,便一定会有春华秋实的精彩人生。

生命要修成正果,必须做到六正:立正身、修正德、讲正义、走正道、树正风、扬正气。

对生命,长怀敬畏之心,既对得起爱你的人,也对得起你爱的人,故无论长短,都值得珍视、珍惜和珍重。

时光宝贵,因为一去不回;
生命珍贵,因为只有一次。

如果自信、自强,你就是人生的主角;

如果坚韧、坚强,你就是生命的主宰。

人生,思想远行,是心灵的幽香;
生命,灵魂高尚,是精神的弘扬。

人生,少年丧志,秀木成为朽木;
生命,大器晚成,铁树如期开花。

人生,心灵高尚,是仁者仁德的修持;
生命,灵魂高贵,是贤者贤良的修度。

人生,志向如何,与志者的志气相关;
生命,智谋如何,与智者的智慧相关。

人生,风采如何,有时主要看风度,风度是风采的风范;

生命,气魄如何,有时主要看气势,气势是气魄的气宇。

人生,浪遏飞舟的壮丽景观是百舸争流;
生命,气贯长虹的壮阔景致是气冲霄汉。

人生,有作有为,故大有可为;
生命,大气大度,故有容乃大。

人生,只有刚正不阿,义无反顾,才可能创建丰功;
生命,只有大义凛然,光明磊落,才可能成就伟业。

人生,静以修身,故洁身自好是其佳境;
生命,俭以养德,故厚德载物是其妙境。

人生,追求高尚,就必须脱俗;
生命,崇尚高贵,则远离世俗。

人生,要修身、修心,方可身心俱健;
生命,须养神、养气,方可神清气爽。

人生,勤以修身,故须身体力行;
生命,俭以养德,方可德高望重。

人生的心态,淡泊明志、宁静致远是修养的入境;

生命的情态,难得糊涂、大智若愚是涵养的化境。

知足常乐,是人生修养的境界;

乐天知命,是生命颐养的境况。

人生修养,律己要严,当如萧瑟秋风;

生命涵养,待人要宽,当如拂面春风。

人生,胸怀坦荡的,心性坦然,这是修养;

生命,胸襟豁达的,心境豁然,这是涵养。

人生,知足者知止,自爱者自省,是修养;

生命,知止者知耻,自省者自觉,是涵养。

人生,知足常乐,这是禅修;

生命,知止而安,这是禅悟。

人生,自警首先要能够自律;

生命，自觉首先要能够自省。

人生，牢记自警自律，是修养的美德；
生命，不忘自觉自省，是涵养的佳境。

人生，善疑而不惑，则会若有所思；
生命，善思而有悟，则会随有所觉。

人生，有多大的胸襟，就有多大的怀抱；
生命，有多美的情操，就有多美的品格。

人生，有一种简单，是大道至简；
生命，有一种平淡，是淡泊宁静。

生命，厚德载物，方显厚重；
人生，厚积薄发，方显厚实。
故做人必须讲究两个字：厚道。

人生，面对得不偿失时，豁然就好；
生命，面对如愿以偿时，释然就好。

人生，和快乐相比，幸福是更美好的；

生命，与财富相比，健康是更重要的。

人生，志存高远，故必需追求，亦需探求；

生命，知足常乐，故决不妄求，亦不奢求。

人生，相遇有各种邂逅，故随缘即可；

生命，重逢有各种惊喜，故难得相守。

人生，结缘而不结怨，结缘才有良缘；

生命，平凡而不平庸，平凡才会不凡。

人生，只有刻骨的记忆越深；

生命，铭心的回忆才会越久。

人生，应写好的是来日方长的动人故事，其越生动越好；

生命，不会忘的是峥嵘岁月的感人往事，故越感动越好。

人生，能把事故改写成故事的，令人喝彩；

生命,能把传说演绎成传奇的,让人震撼。

人生,从优秀到卓越,是人生的出彩;
生命,从卓越到伟大,是生命的精彩。

人生,经受多少艰难,就会有多出色;
生命,经历多少艰险,就会有多出奇。

人生,没有浪费光阴,是因为没有错失当下;
生命,没有挥霍青春,是因为没有蹉跎岁月。

人生,总有一些岁月令人难忘;
生命,总有一些情缘值得怀想。
其难忘是真心的感动,其怀想是真诚的感恩。

人生,随时的感动随心感怀;
生命,随心的感激随时感恩。

人生,难免时有伤痛,但只有学会痛定思痛才是智者;

生命,难免偶有积怨,但只有悟懂以德报怨才是仁者。

人生，挑战和超越他人靠毅力和勇气；
生命，完善和提升自我靠智力和颖慧。

人生，不忘初心，若不失真，则坚守首先要虔诚而有信心；
生命，牢记使命，若不失信，则持守必须要笃定而有耐心。

人生，面对艰难境况，有志气才会有勇气；
生命，面对窘迫境遇，有胆气才会有浩气。

人生，只有敢想，才会赢得新的际遇；
生命，只有敢闯，才会跨越新的境域。

人生，有一种自强是不甘人后，并奋起直追；
生命，有一种自尊是不辱使命，并信守践诺。

人生，因为经历有曲折，所以信念才会变得更加坚定；

生命，因为命运多坎坷，所以精神才会变得更加坚贞。

人生，防患未然，方可处之泰然，而决不会无所适从；

生命，大义凛然，方可势所必然，而决不会无所作为。

人生，有时难免因苦而痛，但可喜的是能够痛定思痛；

生命，偶尔亦会因恨而怨，但可贵的是能够以德报怨。

人生，不上路启程，永远不会有前程；

生命，不奔赴征途，永远不会有前途。

人生，如果欲壑难填，只要悬崖勒马，还有退路；

生命，如果苦海无涯，只要回头是岸，还有生路。

人生,只要不输给自己.就可以赢在当下;

生命,只要不输在当下,就可以赢在路上。

人生,既然不争气,无颜说对不起;

生命,既然没出息,更无语说后悔。

人生,当无能为力的时候,心力一定是脆弱的;

生命,当自不量力的时候,心力一定是扭曲的。

人生,有时困惑,可能是源于他人的误解;

生命,有时迷惑,可能是源自他人的误导;

然而究其本源,更多的时候还是由于自我的困扰或迷失所导致。

人生,乐观容易,而真正达观则不易;

生命,坦率容易,而真正坦荡却不易。

人生,挑战无极限,但如果自暴自弃,并自甘忍气吞声,虽小事难成;

生命,突破无止境,故只要自强自立,并自觉忍辱负重,则终成大器。

人生,能面对曾经的羞辱自省,则是对生命的救赎;

生命,不曾对过往的羞耻追悔,则是对人生的亵渎。

人生,有理想就要有追求,否则理想最终就成了空想;

生命,有追求就要有志向,否则追求最终就成了奢求。

人生,思想可以流传,其流传决不会流逝;

生命,精神不可游移,其游移无异于游离。

人生,思想苍白,精神则会变得萎靡;

生命,精神萎靡,灵魂则会变得游离。

人生如旗,是志者的理想和信仰;

生命如碑,是强者的精神和力量。

人生榜样,一旦走进心中,便成为偶像;

生命偶像，一旦矗立心中，则成为信仰。

人生向善，故择善而从，善莫大焉；
生命守善，故从善如流，善行天下。

真才会善，是人生善为的亦真亦善；
善即为美，是生命美德的尽善尽美。

人生向善，故以上善为佳；
生命尚美，故以谐美为佳。

人生无愧，有贡献就有荣光；
生命无私，有奉献必有赞扬。

人生自强，哪怕绝处，照样可以重生；
生命顽强，即使穷途，绝对不是末路。

人生之伴，当道是理时，则可望志同道合；
生命之旅，当道是路时，则必然任重道远。

人生之愧：自轻和自贱形影不离；

生命之悲:自暴和自弃如影随形。

伟大的生命,用光明战胜黑暗,故人生光明磊落;

强大的生命,用正直战胜邪恶,故人生刚直不阿。

坚强的人生,决不会逃避灾难;

勇敢的生命,则不惧直面死亡。

人生有理想,故志存高远,有如翱翔的雄鹰;

生命有追求,故壮志凌云,有似展翅的大鹏。

生命的窗外,随处都是风景,故只有打开心窗方可观赏;

人生的路上,沿途都是风光,故只有一路前行方可欣赏。

才、情、趣,是人生的品位和兴味;

精、气、神,是生命的活力和魅力。

自信、自立、自强,是人生的重量;
自爱、自尊、自觉,是生命的质量。

人生有无实力,既取决于有多大能力,更取决于有无潜力;
生命有无魅力,既取决于有多大威力,更取决于有无魄力。

经历生离死别的人,才更懂得珍爱和善待生命;
尝遍酸甜苦辣的人,才更懂得珍惜和品味人生。

人生只有活得有自尊,生命才会有尊严;
人生只有活得不低俗,生命才会不世俗。

有味人生,不仅应有滋味、趣味,更要有意味、韵味,这样,生命才会有更多的兴味和更久的回味。

用创造创新书写人生,人生是诗;
用奉献装点生命,生命则是远方。

人生所以是诗和远方,因为在生命追求的境界里,首先播下理想的种子,然后绽放信念的鲜花,最终收获精神的硕果。

人生有底线,生命有境界,客观事物的规律是:只有底线守得越牢,境界方可攀升得越高。

人生,无法挽留的是青春,不可错失的是岁月.故生命中的每个当下都值得珍爱、珍重和珍惜。

人生易老,苍天不老,故活好每个当下,把日日当月月珍惜,把月月当年年珍重,方可不负韶华,无愧生命。

人生,一方面能不在意得失,而另一方面却又特别介意取舍,生命如此,方可经得起考验和推敲。

人生求生就应乐生,生命乐生则应安生。如此才会乐天知命,安度一生。

由成才而成器，只是人生的出彩；

由成器而成功，才是生命的精彩。

珍重他人，一定各有各的理由；

而珍爱自己，则无需任何理由。

只有这样，人生才会活得出彩，生命才会变得精彩。

聪明还远不是精明，才干还远不是能干，故人生只有既精明又能干，生命才会大有作为。

人生辛勤耕耘，所以硕果累累，是因为在生命逐梦的前路上，曾经先后播下理想的种子和绽放信念的鲜花。

大地是最辽阔的，蓝天是最高远的，海洋是最深广的——

人生理想如此，方可自信、自立、自强；

生命境界如此，方可开放、开拓、开创。

时代讲究风尚，社会讲究风气，人生讲究风度，生命讲究风骨。

当一个人真正明白了比白发更苍白的是生命的青春时,他的人生一定不会虚度。

当生命洗尽铅华之时,人生不再奢求锦衣玉食和渴求锦上添花。

“有志者,事竟成。”它给我们的启悟是:壮志方可凌云,众志方可成城。总之,人生,有志气才会有士气;生命,成大事必先立大志。

坚定的意志,可以战胜怯懦;顽强的毅力,可以鼓舞斗志。故意志和毅力既可以是人生奋进展翅高翔的双翼,亦可以是生命迸发乘风破浪的双桨。

人生苦短,生命有限,所以浪费时间就是人生最大的破费,而耗费时光则是对生命的最大损耗。

道有常道,故天道酬勤。所以,壮丽生命无不任重道远,有为人生无不志同道合,其既是常理,更应是常态。

漫漫人生，是无数的当下。所以，只有珍惜每个当下，才是对宝贵生命真正的珍重和爱惜。

不论身份，只要能成为他人的记忆，即是人生的欣慰；

无论身价，只要能成为他人的回忆，即是生命的快慰。

世事，有些当我们年轻时无法懂得，而当我们真正懂得的时候又不再年轻，这是每个生命都曾有过的经历，当然这样的经历，对有为人生而言越少越好。

有起就有落，有苦才有甜。故人生得失，生命悲欢，其实往往是彼此的因果。

人生，无论深情，还是盛情，其友爱越多越好；

生存，无论说人，还是说事，其积怨越少越好。

人生有品位，故越是顺境越会保持低调；
生活讲品味，故越是美好越会自持淡泊。

人生，格调不能低俗，那样太过卑微；
生活，情调不能无趣，那样太过乏味。

人生，有时悲喜交加，有的悲欢交集。总之，人生五味杂陈，故生活中不会全是微笑，也不只有眼泪。

人生，只要守牢底线，就不会犯禁；生活，只要定准基调，就不会离谱。

人生，可以平凡，但不该平庸，庸则碌碌无为；
生活，可以贫困，但不能贫贱，贱则处处卑微。

人生尚简，其既是一种品性，更是一种境界。故生活因简而朴，心灵因简而洁，思想因简而纯。

人生有错误不怕，怕的是将错就错；
生活有讹谬不怕，怕的是以讹传讹。

人生是什么？是此起彼落；

生活是什么？是亦苦亦甜；

生命是什么？是出生入死。

故该看淡的时候要淡定，该释然的时候要自释。

生命，怎么生，何时生，谁也无法选择；

生活，如何活得充实，怎样活出精彩，全由自己主宰。

愤怒有时也是一种生命的力量，故其“愤”不再是泄愤，而是发愤，其“怒”亦不再是怒斥，而是怒放。

真诚赢得真诚，善良感动善良，美好欣赏美好——生命如此，既难得，更难忘，且因难得和难忘而难能可贵。

无欲则刚，贤者与贤者共勉；

有容乃大，仁者与仁者互慰；

生命如此,其自会福至心灵。

对生命的珍惜,有的人是悔悟在身患大病之后;

对生命的珍爱,有的人是智悟在身心健康之时。

生活中的普通道理,钟爱生活的人无师自通;
人生中的普遍真理,颖悟人生的人师心自用。

生活,真正的快乐,是乐与他人共享;
人生,最大的幸福,是福与他人分享。

生活有目标,则自强自立,故最厌恶不劳而获;
人生有志向,则敢作敢为,故最反对无功受禄。

生活中,爱出风头的往往当众出丑;
生命中,爱抢镜头的常常当众献丑。

生活,不该没有情趣;
人生,不该没有志趣。

但,应该清醒的是:无论生活,还是人生,必须脱离低级趣味。

生活,读懂快乐,快乐就在身边;
人生,珍惜快乐,快乐才会长久。

生活有情趣,说你想说的话,方可畅所欲言;
人生有作为,做你敢做的事,方可勇往直前。

生活若有情调,自然不乏兴致,而且兴致越高情调越浓,故人生如此,决不会单调和乏味。

和放任相比,生活踏实,则是一大幸事;
和放纵相比,人生充实,更是一种幸福。

争先恐后,是生存的一种状态;
与世无争,是生命的一种境界。

生存,有些事情顺其自然即可;
生活,有些事情则须然其自然。
二者相较,前者只需以变应变,后者则可处变不惊。

时间可能随波逐流,生活可以随遇而安,人生却不能随心所欲。

一时艰难困苦的生活,既害怕面对窘困,更不敢挑战痛苦,又困又苦的日子只会越过越艰难。

吃苦不觉苦的人生,是对生活的真正觉知,因为:其一,不吃苦焉知甜;其二,苦尽而后甘来。

生计忙碌,是为了生存不劳碌;
生存劳碌,是为了生活不庸碌。

闲而舒适,是生存的一种情趣;
闲而优雅,是生活的一种情调。

生存越不易,越是不放弃,人生才会越精彩;
生活越艰难,越是不自弃,生命才会越出彩。

只要有希望,并且追求一直在路上,人生就会变得充实,生活就会感到乐观。

幸福满满的意味,既包涵生活的美满,更蕴含人生的圆满。

失败时,生活告诉我们什么是成功;痛苦时,生活告诉我们什么是幸福……故感恩生活就要热爱生活,让生活变得更加美好而精彩。

人最宝贵的东西是什么?奥斯特洛夫斯基说是生命,因为生命属于人只有一次;车尔尼雪夫斯基说是生活,因为人的一切欢乐、幸福和希望都与生活紧密地联系在一起。故结论是:见仁见智,各有各悟。

人生无愧,生命无憾,才会感悟真正的幸福;
生活无忧,生存无恙,才会感受最大的快乐。

人生奢求越多,生活则会变得越世俗;
人生奢望越高,生命则会变得越庸俗。

生命最无奈的是无所作为，人生最无趣的是无所事事，生活最无聊的是无所适从。

生活里，知道什么事对自己才是最重要；
生命里，知道谁才是对自己最重要的人——
人生，只有明白了这两点，才会成为最真性和理智的自己。

生活的滋味是回味，人生的精彩是出彩，生命的信誉是赞誉。

没有理想，没有信念，生命是苍白的；
没有目标，没有追求，人生是迷茫的；
没有志趣，没有情调，生活是乏味的。

少年老成，就时光而言，或是一种有幸；
未老先衰，就生命而言，则是一种无辜。

人生得悟：
三十而立，是解悟；
四十不惑，是智悟；

五十知天命,是觉悟;

六十而耳顺,是大悟;

七十从心所欲而不逾矩,是彻悟。

少年有志,青年有为,壮年有成……虽人生不同阶段各有各的美好憧憬,但踏踏实实的追求则是必须拥有和把握好每个当下。

成长的男人,30 岁时是成品,40 岁时是精品;

成功的男人,50 岁时是极品,60 岁时是珍品。

谁做时间的主人,谁的人生就会在峥嵘岁月中因出彩而精彩;

谁是时间的奴隶,谁的命运则会在蹉跎岁月中因改变而被改写。

所以说岁月无情,因为它与庸者若即若离;

所以说岁月峥嵘,因为它与志者相望相守。

所以敬畏和珍惜时间,因为是生命的密码,故破解得越早,人生才会越快地走上成功之路。

时光的每一个当下，其实就是瞬间，故珍惜当下，就必须抓牢握紧，不然再珍贵也会稍纵即逝。

如果有人说你还年轻，而不是正年轻，其实你已不再年轻，只不过是比别人老得稍慢而已。

人生，由于不安分，所以难有安宁，更无安乐，而只有做到既安心，又安神，才会得以安享晚年和安生终老。

人生，拥有每个今天并活好当下，当然自会无悔于昨天，同时也会有美好的明天。

时节是生命的承载，故只有安身立命，岁月峥嵘，精彩的人生才会因异彩纷呈而被喝彩。

时间是最公正的：
谁珍惜它，谁就是它的主人；
谁挥霍它，谁就是它的奴仆。

人生，不能总在悲戚中消磨和耗费时光，当然更不该在悲观中叹息和蹉跎岁月。

最想说出但一直藏在心里没能及时说出的话，天长日久后有的成为刻骨的记忆，经年累月后有的成为铭心的回忆。

苦中作乐，辛劳也好，艰苦也好，只要坚持，其坚忍和持守的时间越久，距离人生的美好就越近。

没有来世，珍惜此生还需劝告吗；
只此一生，活好当下还用劝导吗！

醉生梦死，生和死的选择只是一念之差；
舍生忘死，生和死的抉择只在一念之间。

生而无愧，死而无憾——人生如此，生可圈可点，死可敬可仰。

心灵境界

只有敞开心扉
才会放飞心情
故自由
只有打开心结
才会放逐心性
故自在

只有敞开心扉，才会放飞心情，故自由；
只有打开心结，才会放逐心性，故自在。

心净自安，方得大自由；
心静自适，方得大自在。
故此，快乐和幸福自在其中。

心情坦荡是一种品性，心口如一是一种品质，心地无私是一种品格。

如果豁达是一种心胸，畅达是一种情境，那么达观则是一种心境。

心灵清静，心神安宁，心境和融，人生则可宠辱不惊。

心灵的淡定和从容，决不单单是心神的安宁，还有心境的充盈。

心静，静如止水；
心净，净若行云。

如此人生,则可淡泊明志,淡然蓄志,淡定省志。

看懂世界,凭得是心智;

认清自己,凭得是心境。

故人生须远离俗世,同时应心怀大智和心存化境。

俗话有说:人不可貌相,这是经验之谈;

而古训则云:相由心生,这是真知灼见。

俗话说:相由心生。故想有好心态、好心情、好心境,想什么、怎么想,就显得尤为关键和重要。

相由心生,故快乐写在脸上时自觉年轻;

境由心造,故幸福装在心里时倍感温馨。

心有所悖,你不是我,我不是你;

心有所系,你想着我,我想着你;

心有所契,你中有我,我中有你。

用情须专，既要专注，更要专一；
用心须诚，既要诚挚，更要诚信。

是非可尽由他人评说，只要心性坦然就好；
得失当全由自己定夺，只要心境释然就好。

清心寡欲，妙境若此；
清若是静，心静则幽；
清若是幽，心幽则闲；
清若是闲，心闲则趣。

不怕麻烦，要有好的心态，心态好才会心气平顺；

远离烦恼，要有好的心境，心境好才会心神安宁。

面对相同的风景，由于观赏者的心境不同，所以领略到的景致也各不相同。

不甘心，作为一种心态，值得敬重；
有恒心，作为一种心境，值得尊崇。

不因委屈而难过,心情则可平和;
不因难过而抱怨,心境则可安宁。

养生,不良之嗜好,莫过于吸烟酗酒;
养心,有益之兴趣.无过于琴韵书声。

无论星光璀璨,还是月光皎洁,看在眼里的当然是一种娇艳和柔美,而只有潜入诗情和画境才更有韵味和意趣。

灵感,使诗人的诗情在诗意里心驰神往;灵性,使画家的画魂在画境里出神入化。

所谓有心人,即用心的人,其意蕴包涵:用心志激励人生,用心智书写人生,用心路展现人生,用心灵放飞人生……

有一种迷惘是:
当我们寻找幸福时,其实幸福就在身边;
当我们寻找快乐时,其实快乐就在心间。

若想心生快乐，一要忘忧，二要却烦，三要除躁；而要快乐长久，除此之外，还必须懂得和学会分享。

心既要清亮，亮则明；

心更要清静，静则安。

故不为名困，不被利惑，既可度己，亦可度人。

坦然的人心境平和，故给人的感觉亲扣；坦荡的人胸怀豁亮，故给人的感觉敞亮。

坦然是自信，坦白是诚实，坦率是正直，故人生坦坦荡荡，才会活得舒心和宽慰。

暖人能以心，其暖人则实心实意；

助人愿以力，其助人则尽心尽力。

微笑不难，难在会心，即由衷地发乎于心，而不简单只是生硬刻板的表情而已。

作为品性,猜疑如果是心虚的话,那么猜妒就是心疾。

动怒不好,发火无益,而只有平心静气才会保持理智,同时只有心平气和也才会有所节制。

心灰意懒,一味叹气,遇事一筹莫展;
心灰意冷,一再泄气,与事一无所成。

淡,不光是一种滋味,有时还是一种心性,诸如生活淡泊,有时还是一种情致,诸如人生淡雅,有时还是一种境况,诸如生命淡定。

灵性,爽朗而不失含蓄,故依然余味无穷;
心性,单纯而不失丰富,故照样耐人寻味。

作为心性,懒散惯了,失望就会找上门来;
作为习性,懒惰久了,失败则会破门而入。

看别人不顺眼,有时是由于自己心不顺,所以这时要改变和调适的恰恰应该是自我的心情、心态和心境。

整日无所用心,非但不会给心情放假,而相反是一种心态的无聊和心境的空虚。

人生置身俗世,诱惑随时随现,故必须有明亮的双眼和清亮的心境,方可规避和远离。

古语云:海纳百川,有容乃大。其容,既要有宽容的心态,又要有包容的心智,更要有容让的心境。

古语云:有容乃大。故包容要从一点一滴做起,如此时间久了,才会有海纳百川的胸怀。

人以品为上,故上善若水,水到渠成;
品以德为大,故大德大生,生生不息。

日中则移,月盈则亏,水满则溢。故此,“知足”和“知止”,便成为修身养性的善为和美德。

人性唯真,心地才是善良的;

人性向善,心灵才是美好的。

最美的东西,永远在诚实的真善里;
最真的东西,永远在诚信的美善里。

向善,是人性的修养;
为善,是品格的美德。
所以,善良作为人生高情商和高智商的诸多表现,其友善、亲善、和善、慈善等尽在其中。

当真与美、美与善相邻而居时,其真是至真、善是尽善、美是大美。

好人做好事,好上加好;
善人做善事,善有善报。
故好人做善事,善莫大焉。

真假颠倒,善恶不分——如此世俗,奢谈美丑!

而对真情的劝慰,要懂得珍惜,因为其背后是亲善的关爱;

面对善意的规诔,要懂得珍惜,因为其背后是友善的关怀。

善是真,善亦是美,故善有善为。如此,一心向善,无论是择善而从,还是从善如流,善必有善报。

向善而生,为善最乐,并乐此不疲,故善始善终,人生必有福报。

相由心生,故心生微笑是与人为善,而在微笑的同时又伸出双手,则可以向善而为和择善而从。

将心比心,需要有爱心;
以心换心,需要有善心。

难舍小我,怎能释放大我;
不弃小善,才能躬行大善。

面对善意的劝导,要懂得珍惜,因为其背后是亲善的关爱;
面对善意的规谏,要懂得珍重,因为其背后是友善的关护。

善念存善心，善行有善举，善为得善报——能如此，即可谓乐善人生！

独善其身，则会人心向善；

与人为善，则会从善如流；

择善而从，则会弃恶扬善。

总之，只有善始善终的人生，才会有尽善尽美的生命。

无论喜结善缘，还是乐做善事，一定要在对的时间、对的地点，遇到那个对的人，方可善始善终、尽善尽美。

期盼是一种美好，但不是所有的期盼都会相期；

守望是一种美妙，但不是所有的守望都会相守。

美，奢求完美，有悖真理；

美,追求完善,才是真谛。

恶念不泯,与善良难以结缘;
恶习不改,与美德永远无缘。

越是美好的心灵,越远离丑陋;
越是善良的心地,越远离恶俗。

谁在伤痛处落泪,是谁人性的真情;
谁在伤痛处撒盐,是谁人品的恶行。

千人千面,虽各是各的面孔,其实并不难辨识,而真正难以辨析和识别的则是掩饰在各自面孔后的真假、善恶和美丑。

在眼前,红色有人说是青春的艳丽;
在心中,白色有人说是心灵的纯美;
在梦里,黄色有人说是生命的光辉……
故七彩纷呈,各美其美,美美与共。

品性,大气即大度,是人性之美;

品格，风度即风骨，是人格之美。

有时讲究人缘，但人品更重要，人品有格调才会结良缘；

有时注重人气，但人格更重要，人格有品位才会兴正气。

感恩是一种美德，即心灵的高尚；

感悟是一种美妙，即心智的聪慧。

无论遮羞，还是遮丑，不管是用布还是别的什么，往往捉襟见肘、弄巧成拙，其结果是羞的更羞，丑的更丑。

聪颖之人，方有聪慧之心，故心明眼亮；

智慧之人，方有智悟之心，故心领神会。

聪明的人，善于用心智观世象；

智慧的人，善于用灵魂悟苍生。

大智若愚，作为一种心灵境界，是觉悟；

难得糊涂,作为一种精神境界,是彻悟。

小智为聪,由聪明而聪颖;
大智为慧,由聪慧而颖慧。

左顾右盼,睁开双眼即可;
瞻前顾后,必须开启心智。

不懂不装懂,对每个人而言,是诚实;
看破不说破,对有的人而言,是智慧。

真正的智慧,从不骄矜和自傲,所以是最谦虚的,也是最诚实的。

偶尔受骗,可能是骗子的骗术高明;
再三被骗,一定是自己的心智低劣。

只敢与弱者一决高下的人,多数比弱者还弱;
只愿与愚者一比高低的人,多数比愚者还愚。

相信一切,是愚蠢;

怀疑一切,是愚昧。

故最大的愚拙,是愚不可及。

杞人忧天,可谓庸人自扰,而只有淡泊明志,宁静致远,才是智者的智悟和觉者的慧觉。

空谷绝响,作为一种心灵修养,其境界可谓空而不寂,寂而不孤,孤而不僻。

孤独有时是因为寂寞,寂寞有时是因为空虚,空虚有时是因为无聊,无聊有时是因为无为……由此可见,心灵的充实和言行的笃实,对人生信念的追求和理想的实现是多么重要。

孤寂若是一种静默,则静默对思虑者有时反而是一种超脱;

孤独若是一种沉默,则沉默对思想者有时恰恰是一种深刻。

置身孤旅,在一路风光的迎送中,能边走边用心灵感受和领悟的思想者,决不会觉得孤寂而形单影只。

孤独种种,各有不同:
当孤独是一种习性时,即会孤僻;
当孤独是一种品性时,则会慎独。

知足的人常乐,故从不寂寥;
知恩的人图报,故从不孤僻。

苦思而无所想,冥想而无所思,其要么孤独无聊,要么寂寞无趣。

开阔视野,要见所未见;
开拓思路,要闻所未闻;
开悟心灵,要觉所未觉。

修养妙悟

修身

清心则智不浊

故而淡泊明志

养性

寡欲则境自高

故而宁静致远

修身,清心则智不浊,故而淡泊明志;
养性,寡欲则境自高,故而宁静致远。

修身,宽容是一种心胸,越博大越好;
养胜,宽恕是一种心境,越广博越好。

修身,与世无争,就是对他人最好的善为;
养性. 与人为善,就是对自己最好的善待。

养生,既养身,又养心,故身心俱健;
怡性,既怡神,又怡情,故神情皆安。

生活,能放松心态的,是一种修养;
生存,能放低姿态的,是一种涵养。

修度,要刚柔并济,其佳境是以柔克刚;
修持,宜动静结合,其妙境是以静制动。

修身,只有远离俗世,心灵才会得以清净;
养性,只有脱离红尘,心神才会得以安宁。

人生修养,对自己严苛,则不会宽纵;
生命涵养,对他人包容,则自会宽释。

凡事看得透,故于人从不强拗,这是修养;
凡事想得开,故于人从不苛求,这是涵养。

有知识,却没教养,难有见识;
有文化,却没修养,难有才智。

修身养性,有时讲究“棒喝”:
其自省者,一棒一喝即可;
其执迷者,十棒十喝无用。

修身放松心情,即会远离烦恼;
养性放平心态,即会亲近快乐。

人生自律,作为一种修养,是因为首先自制;
生命自悟,作为一种涵养,是因为首先自觉。

古语云:仁者乐山,智者乐水。故人生修养,当山水相依时,仁者因智而更加仁厚,智者因仁而更加智卓。

无论人生修养,还是生命涵养,最起码的智商之一是:每当天上掉馅饼的时候,一定要提防脚下可能有陷阱。

人生,只有珍重他人的理解,珍视他人的包容,才会在宽以待人的同时更加严于律己,如此修持则应是生命的常态。

被喜欢的人喜欢,心生欢喜,但决不能喜形于色,如此还有什么修养,当然更不该大喜过望,如此还有什么涵养。

若论学养,可谓智者知也,诸如见微知著,一叶知秋;

若论修养,可谓知者智也,诸如知足常乐,知止自安。

“勤以修身,俭以养德。”这是古训,故要传承,否则,懒必懈怠,奢必贪婪。

源净则流清，心静则思远。故人生修养讲究“净”“静”二字，可谓字字千金。

由聪明而聪慧，由颖悟而智悟——前者还只是学养的佳境，而后者则是修养的化境。

天生丽质，是上帝的恩赐，故值得珍视和珍爱；
天道酬勤，是自我的修为，故值得珍惜和珍重。

颜值只是外相，而气质则是内秀，故颜值靠修饰便可改观，而气质则必须靠修养才会提升。

不被潮流裹挟，是修养的淡定；
不被时尚驱赶，是修为的笃定。

是“大巧若拙”，还是“弄巧成拙”，不同的修养，其修为的结果也截然相反。

神也好，鬼也好，都是心造；
成也好，败也好，都是人为。

故人心是否强大和智慧,是毕生不可放弃的修为和持度。

是非本寻常,故人生应有的一种涵养是:即能明辨是非,而决不无事生非。

烦躁时不迁怒,来日方可不自责;
焦躁时不恼怒,来日方可不自咎——
如此修度,涵养自持。

不拘小节和注重细节,既是两种不同的性格特征,当然更是两种迥异的心性修养。

“只想赢,不想输”,作为一种人生修养,其终极的结果是:
想“赢”,却赢来不易;
怕“输”,则输得羞愧。

身处俗世,难免世俗,故如何脱俗,就成为人生修养的一大课题,而不庸俗、不媚俗、不流俗、不败俗,即是最好的“脱俗之俗”。

遇俗人不争名,其不争是一种品位;
处俗世不欺名,其不欺是一种品格。

人性品格执着,是一种优质,故被夸赞;
人品性情执拗,是一种顽疾,故被指斥。

品学兼优,人皆向往。
故人品优,就应持守修为;
而学业优,则要恪守勤奋。

论人品,虚怀若谷是智者的涵养;
论人性,志存高远是强者的境界。

人品,不骄不躁,是同一心境两种不同的境界;
人格,不卑不亢,是同一气度两种不同的气节。

人品,以自尊自重为上,而趋炎附势者,其过程往往难脱虚张声势,其结果又必然势气两衰。

从知识到智识,从知觉到智觉,是人生境况的提升和生命境界的升华。

和气生财,财散人聚,故有好人缘;
吃亏是福,福至心灵,故有好心境。

成熟是一种境界,不同的是:熟能生巧只是佳境,熟而后生则是妙境。

知足,是由心智感悟到的境况;
知止,是由睿智体悟到的境界。

忍受需要耐力,所以忍耐作为一种品质,是长期坚持不懈和坚韧不拔修成的正果。

大气者忍让,是人生修养的境况;
大度者容让.是生命涵养的境界。

烦心不去,难有快乐;
躁心不除,难得幸福。
故修养的佳境之一是:明心见性。

宽容,有时是宽解,有时是容让。其宽解是修养的美德,其容让是涵养的智慧。

守拙,是一种修养。即做事从不会投机取巧,做人决不会煞费心机。

困境,无论多么窘困,逆境,无论何等忤逆,其实都是对人生修为的考验,当然亦是生命修持的检验。

真实的自己在哪里?有人说,在明亮的镜子里;有人说,在他人的心目中;而真正深入浅出的答案是;在生命的一言一行里。

学习他人,学得再好也是他人的影子,而只有从他人的影子中走出,才会真正成为大有作为的自己。

对他人不发无名邪火,是一种修养;
对自己不生无聊闲气,是一种涵养。

自律方可自清，自爱方可自尊，自强方可自信——长此以往，做最好 的自己，不再是奢望和奢谈。

不争气，是不知道自己多落泊，但若要争气，就应一鼓作气；不要强，是不知道自己多怯懦，但若想要强，就应发愤图强。

自己的教训，决不可重复；
他人的经验，亦不会复制。
故真正的智慧，是做最好的自己。

自信源于自强，自强而后方可自立；
自省源于自觉，自觉而后方可自悟。

做真实的自己，我们无需他人的羡慕；
做最好的自己，我们不屑他人的嫉妒。

勇于正视自我，就要坦然面对坦率的批评和坦诚的建议。只有如此，想做最好的自己，才会更加靠谱和更有把握。

问计于人，若是下计，则不足取；
求签于神，虽是上签，则不足信；
自己的命运，从来只能由自己主宰。

无论珍惜记忆中的自己，还是珍藏回忆中的自己，其实最真实的自己，始终是展现在人生和寄赋予生命故事的所有细节里。

对自己，争气有时必须争强，但不好胜；
对他人，大气有时必然大度，而且能容。

不放大自我，才不会小看他人，这是难得的真诚和自重；

不抬高自己，才不会低看他人，这是难得的虔诚和自尊。

要学会聆听，尤其是对自己的品评：
点拨的，必须珍惜；
点化的，应当珍视；
点赞的，珍重即可。

只有面对镜子,才会正视自己;
只有擦亮镜子,才会看清自己。

一个被认为自我的人,如果最终能回归本我的话,就说明还没有失去真我。

知道自己知道什么,一般说只是聪明;
而知道自己不知道什么,才可谓精明。

总认为自己没有缺点,或者根本就不想正视自己缺点的人,其暴露出的或许正是最大的缺点。

总把别人当傻瓜的,其实真傻的才是自己;
总说别人是蠢货的,其实更蠢的则是自己。

正派的人,决不会因为别人的羡慕而放纵自己;
正直的人,更不会因为别人的嫉妒而改变自己。

自信有度，则不会自夸，甚至浮夸；
自负无度，则必然自傲，甚至恃傲。

我们一旦选择了自信，就必须自力，并自力更生；
我们一旦选择了自立，就必然自强，并自强不息。

身处顺境，强者说“运气好”，其实是自信、自立的结果；
置身逆境，弱者说“命不好”，其实是自卑、自弃的后果。

真正的谦逊是：
像山一样，从不觉得自己巍峨；
像海一样，从不认为自己浩瀚。

道德审视

厚道是道
即大道
故大道至简
大德是德
即厚德
故厚德载物

厚道是道,即大道,故大道至简;
大德是德,即厚德,故厚德载物。

成人之美,作为一种品性,可谓是善行,作为一种品格,可谓是美德。

美德就是品德,才艺则是才气,故德才兼备的最佳境界是德艺双馨。

当公德被嘲弄之时,公愤则会挺身而出;
当公理被嘲讽之时,公正则会大义凛然。

假公济私,是说一个人失德;
损公肥私,是指一个人缺德。
而公私分明,则是一个人的仁德之美。

如果老实人总是吃亏,如果大好人不得好报,还讲什么公德,还有什么公理。

俗话说:没有规矩,不成方圆。
故规圆则满,是最优美的曲线;

矩方则正,是最优容的直线。

讲道理,道理讲得明白,则让人心服口服;
讲真理,真理讲得实在,则令人心悦诚服。

做人真实,脚踏实地,待人诚实,实事求是,得到的回报一定是真心和诚意。

为人真诚,才有真情直率的诚挚;
处事坦诚,才有坦荡坦率的诚朴。

面对真理的强大,谬误狡辩的结果只能如此:
要么强词夺理四处碰壁;
要么理屈词穷无地自容。

用真心去感动真心,是难得的真诚;
用真诚去感恩真诚,是难忘的真情。

诚实,镜子是我们的榜样:
对丑的,回报以丑,决不掩饰;
对美的,回敬以美,决不扭曲。

真实，对假象有甄别力；
诚实，对谎言有免疫力；
信实，对质疑有说服力。

真诚的人才会坦诚，直率的人才会坦率，清爽的人才会舒爽，释然的人才会坦然。

俗话说，诚信为本。故奸猾的人不可轻信，狡诈的人不可重用。

权力，作为一种权势和执行力，若是依势则需因势利导，若是借势则需审时度势，而若是造势当然势在必行。

正常的欣赏，是只羡慕，而不嫉妒；
异常的羡慕，可能嫉妒，但不生恨；
而只有嫉妒失常时才会生恨。

富贵和尊贵完全是两码事，其所谓“富”与“尊”一般没有必然的内在联系，故此“贵”非彼

“贵”。

荣誉，只是当下的荣光；声誉，则是毕生的声望。故此，我们更应珍视的是声誉，而决非荣誉。

比荣誉更重要的是声誉，比名望更重要的是声望。故真正的名人，最在乎的不是名誉，而是名节。

赞扬一旦变得虚伪，则是浮浅；
奖赏一旦变得虚荣，则是庸俗。

虚荣的人好面子，故有时不得不吹牛皮；
懒惰的人没本事，故有时不得不拍马屁。
殊不知，到头来不仅无济于事，有时反而会自取其辱。

虚荣，若以虚为荣，则会麻痹人的心灵；
虚伪，若虚并作伪，则会玷污人的灵魂。

所有吹捧，都是违心的：
或口是心非，大张着嘴吹；

或玩弄心机,空伸出手捧。

财物,必须取之有道,才会心安;
声望,只有实至名归,才会理得。

钱多钱少,各有各的活法,其钱多的人未必都活得坦然舒心,而钱少的人照样可以活得安然自在,故没有绝对的好坏。

凡曾经被金钱嘲弄过的,是因为心智太过愚拙;
凡曾经被金钱捉弄过的,是由于心思太过世俗。

赌博,赌来赌去,看似只为了钱;赌徒,身败名裂,输掉的却远远不只是钱。

用金钱买到的友情,也随时会被金钱买走,故友并非益友,情亦非真情。

居功不傲,盛名不负,私欲不谋,方可树德、立言、践诺、躬行。

不劳而获，却自以为荣，可谓不知廉耻；
坐享其成，却自得其乐，必然坐以待毙。

书有香，是心香，是幽香，是远香；
铜有臭，是腥臭，是腐臭，是恶臭。

无病所以呻吟，是为了乞求怜悯；
无功何以受禄，是因为贪心太重。

什么都怕滥：滥情、滥调、滥觞、滥交……而且一旦泛滥，必然成灾。

欲壑难填，一旦深陷其中，想再求生则比登天还难。

财物只有在小人的心里，才会成为贪念的魔咒；

财富即使在君子的梦中，也会成为善行的天使。

古语云:“君子一言,驷马难追。”故无论为人,还是处事,诚信为本,信守为上,乃其君子。

不与俗人斗气,不与庸人争名,不与小人同好,真君子也。

君子,不随意许诺,不轻易承诺,而一旦应诺,一定会诚信践诺,并一诺千金。

君子坦荡荡,故做人光明磊落,做事光明正大,久而久之,必定前程远大;

小人长戚戚,故做人忧心忡忡,做事斤斤计较,长此以往,必然鼠目寸光。

与君子不同,由于小人的狭隘,所以总给他人穿小鞋竟成了邪念的妄为。

君子对事不对人,所以客观公正;

小人对人不对事,必然狭隘偏执。

小人,总让别人难为,因为鼠肚鸡肠;
君子,不给别人难堪,因为心胸坦荡。

君子之交,终生之幸,故被美誉;
小人之遇,一面不和,则被嘲讽。

君子所以眼明,是因为心无挂碍;
小人所以眼拙,是由于心存杂念。

小人交友藏奸,故虚情假意;
君子交友真诚,故情投意合。

小人似藤蔓,全凭攀附而上;
君子如良种,落地随处生根。

小人的心中俗念多多,故平庸世故;
君子的心中信念满满,故志存高远。

仇者的伤害大多是明枪,所以易躲;
小人的中伤往往是暗箭,所以难防。

小人非人之是，所以常常混淆是非；
君子是人之是，所以信守实事求是。

面对小人，如若不屑，则眼不见为净；
面对谣言，如若不信，则耳不听为静。

好心人的好意，若被小人误解，是小人心无善念；
善良人的善念，若被君子善解，是君子心怀慈愿。

小人取悦他人，若低声下气，无不被人斥之；
小人取宠他人，若奴颜媚骨，无不被人弃之。

黑是黑，白是白，有时难分，是故意混淆的结果；
是即是，非即非，有时不分，是蓄意颠倒的缘故。

是即是，非即非，故是非分明。其随意混淆是非的决非君子，而故意颠倒是非的则是小人。

讨好所有的人，或者讨厌所有的人，要么是无聊，要么是无奈，但都是小人自讨无趣。

面子想多光要多光，里子要多脏有多脏——做人，伪君子本不厚道，小人则最不地道！

凡夫俗子心中常想的是凡尘俗世，故有时难免玩世不恭；

正人君子眼中看到的是世态炎凉，故时刻不忘安身立命。

谦谦君子，能以古人为师的，可谓谦敬，而能以今人为师的，则谓谦诚。

爱看笑话和看你笑话的如果不是同一个人，前者不是朋友，后者不够朋友。

与朋友交谈，如若了解，会知道对方在想什么；

与知己交心，如若了悟，则知晓对方为什么这样想。

朋友有各自的孤独,由于相互的守候,故从不觉得孤寂;

知己有各自的寂寞,由于彼此的守护,故从不觉得寂寥。

老朋友似陈酿,越久越觉醇香;

好朋友如香茗,越品越觉回甘。

朋友多了,有真有假,但时间久了,真的假不了,假的也真不了,前者有如诤友,后者有如损友。

人各有志,而且志在四方,故真正的知己只在志同道合的益友中。

所谓知己,有一种理解是:

有时相知如己,有时熟知过己。其知,即知心、知情、知趣不一而足。

所谓知己,不仅知人识面,而且更会明心见性,故有爱好彼此可以同声相应,有志趣彼此亦可同气相求。

凡间凡人凡事，或你或我或他，相遇是机缘，相识是结缘，相交则是良缘。

哲理思辨

若有所思也好
匪夷所思也好
『思』作为一种心灵境界
大体是三个层次
其由思而想是入境
由思而辨是妙境
由思而悟是化境

若有所思也好，匪夷所思也好，“思”作为一种心灵境界，大体是三个层次——其由思而想是入境，由思而辨是妙境，由思而悟是化境。

思想远行，其游走的思想，即是漫步的人生，而放飞的思想，则是歌唱的生命。

有人说，思考是发现的种子；

有人说，思索是智慧之树。

由此推及，不善思考和懒于思索的大脑，永远是没有绿洲的荒漠。

当思无所思时，则才思枯竭；

当悟有所悟时，则脑洞大开。

学有所成，勤学而且认真是一种素质；

思有所得，多思而且较真是一种素养。

亦学亦思方为学，故学有所问，否则学而不思则罔；

且思且学方为思，故思有所想，否则思而不学则殆。

思想深邃的人被思想浮浅的人蔑视，而思想浮浅的人与思想浮躁的人决不会相互歧视。

行成于思，知行合一，这是古训。故思要三思，行要躬行，方可深思熟虑，身体力行。

人只有学会反思，说话才不会一错再错；
人只有学会反省，办事才可以将错就错。

思维不想受控于他人的，就必须增强自控的定力；
行为不想受制于他人的，就必须增强自制的实力。

有时无声之声，无声胜有声；
有时无用之用，无用是大用——
生活中的哲理意蕴有时就是这样微妙和有趣。

思维，只有有了各种角度和维度的持续转换，才会生发出多种多样甚至奇特奇妙的思路。

一个远行的思想者,一路不忘的是感怀人生、感悟生命、感知真理……总之,只因百感交集,方可渐行渐远。

苦思而无所想,冥想而无所思,其要么虽思却孤独无聊,要么虽想却寂寞无趣。

独处,是思想者生命旅途中一道曼妙的风光,因为在其灵魂所悟的独白中,既有独到的真知,更有独特的灼见。

心理失衡的结果,有时是情绪的失控;
情绪失控的后果,有时是思想的失聪。

思辨是思想者的佳境,其与一般的思索和思维相比,更多的时候是在洞见和创见中识见真知和见证真理。

阅历丰富的人,良好的思考习惯和科学的思维方式使其成为令人钦羡和追慕的思想者。

远眺,或天空,或大地;近观,或高山,或大海……只要极目,思想和想象便会像双翼张弛,无论盘旋,还是翱翔,都是一道道奇美风光。

强人所难有时是:让一个头脑和思维呆滞的人首先学会反思,然后紧随顿悟。

想象的美妙在于:有时一个美妙的想象会在另一个美妙的想象中萌生;

想象的奇妙在于:有时一个奇妙的想象会在另一个奇妙的想象中衍生。

理性的人大多理智,其与感性的人相比,智商会更高;

感性的人大多善感,其与理性的人相比,情商会更高。

无论人还是自然,情有情缘,物有物理,天有天道,故应常怀敬畏之心。

世界上什么最广阔？有人说是无空，有人说是海洋……而哲人则说是能装得下天空和海洋的心胸和胸襟。

有人自比鲜花，有人甘当绿叶。其实二者相较，有两点不可忽略：一是鲜花虽然美艳，但只是少数；二是绿叶虽然平凡，但存活得长，由嫩绿而翠绿，由翠绿而青绿，由青绿而墨绿，由墨绿而苍绿……

相信他人，当然要看是谁，以防轻信；
坚信自己，首先必须守信，方可取信。

无论识人，还是省事，都必须通情达理——
其通情，即要知情；
其达理，即要明理。

观人，要眼亮；
识人，要心明；
而做人，则既应该心怀敞亮，心胸豁达，更应有自知之明。

常人怀常理，常理有常态，常态怀常情，常情有常境……总之，只要怀揣一颗平常心，就不会意外失常。

有头脑不用，要么发呆，要么卖呆，其必然呆头呆脑；

有手脚不动，要么蠢笨，要么拙笨，其必然笨手笨脚。

相貌不俗，会让人记住；

气质优雅，能被人羡慕；

品格高尚，则使人景仰。

特立独行作为一种创新思维，或无不奇绝而绝无仅有，或无不绝妙而妙不可言。

人性奇特的人，只要善思，则不乏奇思妙想；

习性独特的人，只要敢为，则不拘特立独行。

奇异，有时是异想天开；
奇特，有时是特立独行；
奇绝，有时是空前绝后。

人才成长的轨迹大同小异：大同是开始都走在别人的路上，小异是当先后走在自己的路上时目标却各有远近。

无论出新，还是创新，都需要标新立异。诸如：弃旧方可图新，推陈方可出新，革故方可鼎新。

人才中有口皆碑的必然是英才，由于脱颖而出，所以遐迩闻名；

英才中交口称誉的一定是天才，由于出类拔萃，所以名扬天下。

人才都是有个性的，而真正的个性，则都是在表面相似中彰显出的与众不同。

真正的个性，有些是在相似表现中彰显出的与众不同，有些则是在不同表现中突显出的特立独行。

个性是真人的真性情,故只有真正理解和懂得尊重个性的人,才会最大程度赢得真友情。

奇才和怪才,一般是各有所指;
明星和名人,则完全是两回事。

歌唱和唱歌是截然不同的两种境况——歌唱家和歌星的本质区别正在于此。

怪人和怪才的本质不同:前者情商低,后者智商高。

只有不骄不躁的奋力,天分才会成为天赋;
只有敢闯敢创的魄力,天赋才会成为天才。

有些怀才不遇,可能是还没有遇见真正的伯乐,而也有一些情况则是:原本无才,何谈不遇!

创新,往往最需要的是逆向思维,这绝非一般意义所认知的叛逆,而恰恰是探索精神所专属和特有的独创性。

创造,其思维的奇特,有时表现为逆向;
创新,其思维的奇妙,有时表现为异向。

子曰:学而时习之,不亦乐乎?而对于既无恒心、又不专一的人,学岂能专,习焉能恒,更何谈悦乎!

老子曰:上善若水。其既是箴言,亦是美言,虽仅仅四字,却给人以无尽想象和悟读的空间。

老子曰:“知其白,守其黑。”故黑白分明,既不能混淆,更不该颠倒。

古人云:“胜人者有力,自胜者强。”这之中,就“胜人”和“自胜”而言,其深意有二:胜人者,必先得自胜,此其一;只有自胜者,方可无往不胜,此其二。

“天才在于勤奋”,这是名人名言。

其勤,一要勤思,二要勤劳;

其奋,一要奋发,二要奋进。

“勤劳征服一切”,是哲人哲语。而懒人发懒、偷懒,甚至心灰意懒,故与成功永远无缘,其今天无为,明天无望,昨天无补。

“问渠哪得清如许,为有源头活水来。”这是宋代诗人朱熹的名句。它让我们解读和领悟到两个成语:一是“水到渠成”,一是“源远流长”。

当道是路时,道是康庄大道;

当道是理时,理是无敌真理。

仁者乐山,故在仁者眼里,山是一种坚实,亦是一种信念;

智者乐水,故在智者心中,水是一种力量,更是一种智慧。

没有真知,难有卓见;

没有远见，难有卓识；
而真正独到的创见更多的则是见所未见。

俗话说：大气才有大量，大量方显大度。
故大气量是一种气势，也是一种气魄；
大度量则是一种心性，也是一种心境。

有勇气可嘉，但有勇无谋则不可取；
有志气可嘉，但志大才疏则不可取。

有气量才会有气度，有胆量才会有胆识，有能量才会有能耐，有思量才会有思想。

高处有多高，心气有多高志气就有多高；
远方有多远，心路有多远前路就有多远。

有一种强势是牛，有一种强劲是强。
故若要自强不息，有时该牛气时牛气；
而若要奋发图强，有时该倔犟时倔强。

既然强，就要坚强和顽强，而不该逞强；

如果悍，不可蛮悍和刁悍，而应该骁悍。

大度做人才好，故可从容淡定；
大胆做事亦好，但要谨言慎行。

智力决定能力，毅力挑战阻力，实力升华魄力，活力彰显魅力。

见识，浅尝辄止，是由于目光短浅；
卓识，深谋远虑，是由于志存高远。

有远见，更有卓识，则可未雨绸缪；
有主见，更有胆识，则可当机立断。

好男儿志在四方，其“志”既是指壮志未酬的志向，更是说壮志凌云的志气。

最忠诚的告白是一诺千金，最果敢的作为是一气呵成，最圣洁的心灵是一尘不染。

常立志和立长志，顾名思义，其前者是徒有虚名,而后者才名副其实,故此志非彼志。

挫折使志者成长,失败让智者成熟,于是才有了人生的成就和成功。

先自主,后自立,自然会自强;
先立业,后立功,必然会立传。

自强者,无不自立,其因为自信,故自强不息;
自惭者,无不自弃,其因为自卑,故自惭形秽。

自由却不可迷惘,一旦迷惘自我难再清醒;
自在却不可迷离,一旦迷离自我难再清正。

果敢,顺势而为有时需要因势利导;
勇敢,逆势而进有时必须审时度势。

改变命运,决不能靠幸运,这是一种侥幸的心理;

挑战命运,更不能听天由命,这是一种无辜的心态。

被注视,并不一定是被重视,故大可不必太在意;

被轻视,并不一定是被蔑视,故大可不必太介意。

选择和抉择有何不同:

其一,选择可能犹豫,而抉择则必须果断;

其二,由此推及,选择更多的是凭经验和阅历,而抉择更多的是靠胆识和魄力。

面对难题,连问题的难点是什么都说不准,而问题的难处在哪里就更说不清,所以这样的难题,要想解决则会难上加难。

势不可挡,有的只是借势,有的则是造势,其前者只是倚势而为,而后者才会势在必得。

失势而不失意,就不会大失所望;

失意而不失落,亦不会坐失良机。

而相反,如果能由此借势和发力,完全可以趁势而上和全力以赴。

对个人而言，富足还不是富贵，真正的富贵是富不奢华；

对国家而言，富饶还不是富强，真正的富强是富可敌国。

对仁者而言，品性有品性的清规，故必须守规；

对贤者而言，品格有品格的戒律，故必须持戒。

师古而不泥古，方可推陈出新；

尊师而不唯师，方可青出于蓝。

率真和真率真的有区别吗？前者是在率性中见证真实，而后者则是在真实中彰显率性。

童真即天真，故不失纯真，这是真性情；

认真即较真，故才会逼真，这是真品性。

关怀备至，热情要有温度；

体贴入微，真情要有浓度；

怜爱有加,深情要有醇度。

你若真感动,就一定会感怀;
你若真感怀,就一定会感念;
你若真感念,就一定会感恩。

受用是一时的,而真正的受益则是一生的;
感动是一时的,而真诚的感恩则是一生的。

高雅还是低俗,有时看你说了什么,说得如何,而有时更在于你做了什么,做得如何。

作为品性,骄傲和谦逊虽拥有的是同一片天空和同一方大地,但其截然不同的是:骄傲的人好高骛远,异想天开;谦逊的人则脚踏实地,一路远行。

浪漫,作为情调,是一种优雅;
散漫,作为性情,是一种慵懒;
迷漫,作为心智,是一种茫然。

比知识更重要的是见识,有见识才会真正有胆

识;

比能力更重要的是魄力,有魄力才会真正有魅力。

平凡的日子平常,平常的日子平淡,平淡的日子平静,平静的日子平顺……故平凡的背后其实是另一种超凡。

有一种坚守是坚定,有一种坚定是坚强,有一种坚强是坚韧,有一种坚韧是坚贞。

人虽各有本性,亦各有本能,但真正能够决定人生成败和输赢的则是有什么本事和有多大本领。

就生理而言,每个人都会长大;就心智而言,并不是每个人都够成熟——或许成长和成熟的不同就这么简单。

哲人讲:机会总是留给有准备的人。故此,事物的悖论则是:机遇和运气总是与没有准备的人擦肩而过。

俗话说:坚持就是胜利。它的意味有时是:只要坚持,美丽的风景就在转弯处;只有坚持,美妙的风光则在转身处。

大有多大,视情而论,但必须清醒的是:不论多大,再大也大不过天。

大也好,小也好,以小见大才好上加好;多也好,少也好,以少胜多则比好还好。

如果大,却蔑视小,大难为大;如果小,却鄙视大,小即渺小。

五味,当然各是各的滋味,而当五味杂陈时,反而变得津津有味,故更耐人寻味。

微言大义,善辩者方有大家风范;
雄才大略,善施者方有大将风度。

宽容,首先要宽解,然后才会宽待;

宽恕,首先要宽释,然后才会宽让。

但,无论宽容,还是宽恕,切不可因失度而宽纵。

有时,我们需要不懈的努力;

有时,我们需要无怨的付出;

至于功过得失,从容面对即可。

所谓宽解,只是庆幸不再计较,虽然不说可能还潜藏于心;

所谓宽容,才是真正释怀放下,因为忘却所以永不再提起。

“以责人之心责己”,不算苛责;

“以宽己之心宽人”,可谓宽厚。

实事实做,脚踏实地,一定会见实效;

好人好做,好自为之,一定会有好运。

自由而不放任,才会生机勃勃;

自在而不放纵,则会活力四射。

把别人需要自己不需要的东西给人，还不算真正无私；

把别人需要自己更需要的东西给人，才是最大的无私。

自己感觉行，未必真的行，因为可能主观偏执；

别人说你行，可能是真行，由于比较客观公正。

大爱不言，是因为大爱者无我；

大爱无疆，是因为大爱者舍我。

有一种难舍，是因为放不下；

有一种割舍，是为了拿得起。

只有保持低调，才会被人高看；

总是大言不惭，则会被人小瞧。

恐慌一般难以掩饰，只有当镇静时才不会慌乱；

恐惧往往更难掩盖，只有当镇定时才不会惧

怕。

得意时不可得宠,否则,愚昧的心灵会为之争宠;

失意时不该失落,如此,愚懦的灵魂则为之落魄。

举棋不定,则犹豫不决;

犹豫不决,则进退两难;

进退两难,则故步自封;

故步自封,则难有作为。

扛得住,需要耐力;

放得开,需要定力;

拿得起,需要能力;

放得下,需要智力。

有一种成效,是把差距改写成差异;

有一种奇效,是把逆差改写为顺差。

有一种大气是:与他人相处时,决不伤及对方的颜面；

有一种大度是：与他人相交时，决不殃及对方的情面。

忍，有时要能容；

忍，有时要知让；

故自觉的容让正是忍的一种襟怀。

迎战艰苦而不觉艰难，其战绩则会硕果累累；

挑战艰难而不惧艰险，其战况则会屡战屡胜。

天灾是天造的灾难，故天道不可违；

人祸是人为的祸患，故人性不可逆。

忙里偷闲，只要闲得有情趣，则会忙闲相映成趣，并闲情逸致油然而生。

并不是所有的闲都无聊，诸如闲得安然是闲适，闲得悠然是闲雅，闲得欣然是闲情，闲得怡然是闲趣……

俗话说:纸里包不住火。其寓意深入浅出:只要火是真理,纸无论装饰得何等华美,却由于自身的荒诞和谬误,最后的命运都只能是灰飞烟灭。

无论何等干扰,如若不动声色,可谓镇定;
无论何种骚扰,如若气静神闲,可谓笃定。

先发制人是先入为主,故方可先下手为强;
后发制人是后来居上,故才可变被动为主动。

能力强,却心甘情愿放低姿态,是虚怀若谷;
能力弱,却处心积虑抬高自己,是徒有虚名。

远交近攻,只要攻其不备,则可攻无不克;
进退两难,只要知难而进,方可进无止境。

当忍辱负重而一往无前时,辱不再是屈辱;
当以曲求伸而反败为胜时,曲不再是迂曲。

蔑视他人的轻视,则可以远离自卑,并找回自尊;

鄙视他人的无视，则可以远离自弃，并找回自信。

狂风中，面对困难，不叫苦退缩，则是坚定；
暴雨中，面对危难，不逃避倒下，则是顽强。

置身困境，弱者自惭形秽，故会逃避；
面对艰险，强者自强不息，故会跨越。

面对同样的挫折，甚至是可能的挫败，强者说是挑战，弱者说是惩罚，而智者则说是机遇。

当你肯给别人出路时，别人才会给你退路；
当你愿给别人福报时，别人才会给你回报。

始终如一，它的意思显而易见，但其中的道理并不简单——小而言之，它可以是说一件事，意即一定要有始有终；大而言之，它又可以指人的一生，意即必须善始善终。

所谓一知半解，有时是只知其然，不知其所以然；

所谓略知一二,有的是只见其皮毛,却不识其真相。

每个人都是生活的主人,当我们是旁观者时,清醒固然可赞,而当我们是当局者时,不迷才更为可贵。

一路前行,当身处十字路口时,要警惕步入歧途,而当置身三岔路口时,则要提防误入迷途。

一路前行,面对困惑,怕的是困扰和迷惑,其一旦步入迷途则会陷入困境。

远行,头仰得太高,一味看天,怎么会认准脚下的道路；

前行,头俯得太低,只知看地,又怎能辨清眼前的方向。

一个机遇,就是一次机会,故牢牢抓住,千万不能放过；

一次机会，就是一种机缘，故紧紧握住，千万不该错过。

稳中求进，一般是按常规行事，而事业发展有时为了赶超，则必须打破常规，该提速时提速，该加速时加速，当然能够飞速更好。

一就是一，故说一不二，诸如一心不能二用；一不只是一，故以一当十，诸如一言九鼎，九九归一。

评议，与事公允，即不失真；
评价，与人公正，即真友善。

决不言弃，可不是轻易和随便说的。它只有不嫌弃、不鄙弃时，才可能不舍弃；同样，它只有不放弃、不抛弃时，才会不自弃。

面对理解，无须辩解，因为理解理性；
面对坦白，无须辩白，因为坦白坦荡。

差距大不过天地，差别小不过毫厘。关键一是为何而差,二是差在哪里,三是与谁相差。

有错不怕,知错就好,若能知错就改则好上加好;而面对错误若不知悔改,则可能变小错为大错,甚至大错特错。

谁都会有情绪,当偶有冲动时,一定要牢牢掌控;

谁都会有情结,当每有感动时,则必须念念不忘。

不成熟的人缺心眼,太成熟的人玩心机,故只有用真心择友,以诚心交友,才是真正的成熟。

小看他人,有时是把自己放大,故好大喜功;

低看他人,有时是把自己高抬,故好高骛远。

执着和偏执的截然不同:前者坚持不懈而后者固执己见,前者坚韧不拔而后者执迷不悟。

攀高和高攀的截然不同:前者是凭自身的勇气

和力量登临高处,后者却是妄图借助外力的攀附栖身高处。

不自重者自轻,自轻者自蔑;
不自信者自卑,自卑者自贱。

自卑者顾影自怜,所以最适合与自信交友;
自傲者孤芳自赏,所以最适合拜自谦为师。

自食其力者自信,自不量力者自负;
自知之明者自勉,自作聪明者自欺。

逃避,是没有出息的;
逃离,是没有出路的;
而只有奋勇当先,一往无前,才会真正活得出彩。

想一蹴而就,想一举成名,想一步登天……如此轻狂和虚妄的空想要么是胡思乱想,要么是痴心妄想,总之一无所成。

歪风邪气，邪性之为；

歪门邪道，邪念之为。

故改邪归正，则必须驱邪扶正。

眼花缭乱，看东西不可能清晰；

心烦意乱，想问题不可能澄澈；

手忙脚乱，干事情不可能利落。

有人手脚笨拙，有人头脑愚拙；

有人情真朴拙，有人性灵藏拙。

故此拙非彼拙，而“拙”的至高境界则是大巧若拙。

人人称道“难得糊涂”，因为是箴言哲理妙悟；

有人戏说“男的糊涂”，纯粹胡诌而决非幽默。

有些机遇有时是不期而至，故心猿意马的人难以发现，而心灰意懒的人更难察觉。

投其所好，虽然有时也会成事，但由于心术不正和手段低俗，故不仅不该羡慕和效仿，而相反的是必须及时自省和随时自律。

不劳而获,这是只有懒汉才会有的妄念;

无功受禄,这是只有庸人才会有的贪念。

阅历浅,对客观事物的认知有偏差,实属正常;

阅历深,对客观事物的认知有偏离,纯属偏见。

整日无所事事,不单单只是无聊,有时更令人无奈的是:要么一无所有,要么一事无成。

敢于面对困难的一再考验,善于应对挫折的再三挑战,离成功便不再遥远——不过只一步之遥而已。

对即对,错即错,故黑白不能混淆,是非不容颠倒,方可风清气正。

并不是所有笑的人都欢乐,诸如嬉皮笑脸、笑里藏奸;

也不是所有哭的人都伤悲,诸如喜极而泣、破涕为笑。

幽默好笑,笑出的是欢快和轻松;
滑稽可笑,笑出的是无聊和低俗。

依靠,一旦成为习性,损伤的是生存的自主意识;
依赖,一旦成为惯性,伤害的是生活的自觉意念。

痴,若是一种呆,则会沉滞;
痴,若是一种傻,则会沉寂:
痴,若是一种迷,则会沉溺。

弱者高调,有时是为了装腔而虚张声势;
强者低调,往往是为了蓄势而不露锋芒。

讨喜当然好,但若试图取悦每一个人,则实属幼稚和无知,故尘世的结论是:老好人既难做,更难装。

有名无实,故不管说了什么,都徒有虚名;
有始无终,故不管做了多少,都徒劳无功。

下决心想放弃的,要么无视,要么远离;
从内心就嫌弃的,要么无语,要么忘记。

面对选择,总有放弃;面对抉择,亦有拒绝。然而,无论放弃还是拒绝,其虽各有各的缘由,但有时是:放弃有的是由于不自信,拒绝有的是由于太自负。

得过且过,要么错过,要么误过,故只能一路苟且,并最终陷入穷途末路。

寻私秒算也会失算,故训诫是,凡私不寻则为清明;
舞弊高手也会失手,故训诫是,凡弊不舞方为高明。

笑面虎的笑面最诡异,故令人不齿;
马屁精的马屁最虚伪,故令人不屑。

浑蛋浑噩和捣蛋的结果,最后十有八九在俗世混迹中轻则滚蛋,重则完蛋。

守株待兔,若是期盼,守只能是空守,若是愿望,待不过是虚待。

无知而盲动,走得越远,其遭遇的不幸越惨痛;
幼稚而盲从,跟得越紧,其付出的代价越惨重。

被怜悯,自尊者的心中会有抹不掉的隐忧;
被施舍,自强者的心中会有放不下的隐忍。

不劳而获的悲哀是,其所"获"不过只是一时之得,而这往往又是日后随时会因果应验的必失。

一意孤行,会在错误的路上越走越远;
进退两难,会在迷惘的途中不知所措。

无论过错,还是过失,究其原因,其重要的一点是没把握好分寸,故一再错失。

敢于承认错，是为了少犯错；

勇于改正错，是为了不再犯错。

总认为他人都不对，只有自己才是最正确的，其实是一错再错和大错特错——不是错得太离谱，就是错得太荒谬。

错误的开始谁都会有，怕的是因不知错而一错再错，更可怕的是因不肯纠错而一错到底。

奢望是不可能实现的希望，即失望之“望”；

绝望是不可能重现的奢望，即无望之“望”。

虚张声势，作为行迹，是一种张扬，故趋炎附势时会装腔作势；

昂首挺胸，作为气势，是一种昂扬，故成竹在胸时会气宇轩昂。

花开有期，所以要想观赏鲜花的绽放，就必须心存预期；

枝繁有季，所以要想享受浓荫的清凉，就必须顺时应季。

十年树木，百年树人。总之，要想成为栋梁之材，决不会速成；否则，欲速则不达。

树木要木秀于林，树人要人才辈出；
立言要言而有信，立德要德高望重。

我愿拥有一滴水，研进墨里以收藏大海；
我愿变作一棵树，扎进土里以拥抱大地。

有主见当然好，但要谨防的是不能主观，而主观一旦再成为主义，则会更加偏执.

无论骄横和强横，还是蛮横和凶横，如果一旦"横"到了一起，其表现必然是专横跋扈：其轻者横眉怒目，而重者则横行霸道。

骄傲，会迷失自我；
骄纵，会扭曲自我；

骄横,则会失去自我。

轻信他人久的,难免一再被骗;
坚信自己多的,绝对不会自欺。

命运是无法抱怨的,故只有奋力抗争方可使宿命和运气得以改变,而坐等幸运的降临则永远只是奢望而已。

处心积虑,太惯性了会鬼迷心窍;
居心叵测,太神秘了会做贼心虚。

世事不可能一下子完全看明白,所以凡事一般不要说绝,更不能做绝,这样才会有挽回和补救的余地。

谋事,要能明白什么事对自己是最重要的;
识人,要能清楚哪些人对自己是最重要的。
人生,只有如此的认知,才会在关键时做出正确的抉择。

做事鲁莽，从来不计后果，故很难有预期的效果和满意的结果，当然更不会有意外的战果。

世事难料，故输赢本寻常。但输却输得服气，不失大气；而赢则赢得争气，方为志气。

事必躬亲，就一般意义而言则是对的；

事无巨细，其无论什么情况都不可取。

好事乐作，是最大的乐趣；

坏事恶为，是最大的恶疾。

凡事有好有坏，好坏各是各的真相，但只要心中有数，就不会好坏不分；

凡理有对有错，对错各有各的说法，但只要心中有谱，就不会对错不辨。

事有对错，自己不愿说的，也不要苛求于人；

物有是非，别人不想讲的，也不要苛责于人。

难事一般难办，但只要敢于面对并知难而进，则会由难变易，并且一切皆有可能。

若是办事，能不强人所难的是一种宽让；
若是做事，能勉为其难的则是一种宽待。

遇事，心烦气躁，情绪必然低落；
处事，心急火燎，情绪必然失控。

遇事，无所谓，故无所作为；
做事，有所谓，则大有可为。

说事宜开宗明义，不应莫测高深；
做事要开诚布公，不该讳莫如深。

处事不慎，失度则过犹不及；
办事不当，过度则欲速不达。
故无论处事，还有办事，适度又不失大度，方显得成熟，当然更是智慧。

有些事，想做的不一定是能做的，故事前务必想到；

有些事,能做的不一定是该做的,故事前必须想好。

有些事发看似突然,其实大多是某种必然潜在的突发;

有些事发看似偶然,其实大多是某种已然潜在的偶发。

有些事必须先问清为什么,才可能明辨是非;

有些事必须先搞清是什么,才可以决断对错。

有些事,如果从来不想,决不会来过;

有些事,假如想得太多,则又会错过。

大事有大事的格局,小事有小事的布局,如何操控和把握,可以看出每个当局者的胸怀和气度。

大事做不来,小事不想做,其结果只能是无所事事,一事无成,甚至还可能无事生非,或者惹是生非。

小事要么拿不起,要么放不下,难以成器;
大事要么做不了,要么做不好,难以成功。

再小的事,所以没做到,是因为没想到,所以没做好,是因为没想好。

虽小事从不轻率,则可以小见大;
遇大事无不执著,故宜胆大心细。

无论谁,也无论做任何事,如果只出了八分力,还不能说是尽力而为,而如果用足了十分力,甚至十二分力,那才是全力以赴,甚至奋力而为。

最难教会的是不懂装懂的人,最难办到的是知错不改的事,最难分辨的是混淆是非的话。

俗话说:“成事在天,谋事在人。”
其“成事在天”,意在乐天知命;
其“谋事在人”,意即事在人为。

睹物,一目了然的,心中不再迷惘;

说事,一针见血的,心中不再犹疑;
思人,一往情深的,心中不再纠结。

遇事,不矫情,不任性,方可活出真我本性;
做人,不违心,不逊色,方可活出真我本色。

处事,想投机取巧,其结果往往弄巧成拙;
为人,若投其所好,其后果常常臭味相投。

做事,偶尔犯傻,不过仅是一时的糊涂而已;
做人,切忌犯贱,即使一次也是人格的卑微。

做事,如果邪门歪道,是因为心术不正;
做人,如果邪不压正,是因为品行不端。

做事,与其投机取巧,不如脚踏实地;
做人,与其投其所好,不如实事求是。

认真做人,专注做事,方可因人成事,其认真和专注度大者,做人方可成大器,做事则可成大事。

无论人,还是事,怀疑一切无疑是一种幼稚,而相信一切则必然是一种无知。

与人不纠缠,与事无纠纷,故内心的纠结就不会无由而生,于是神情自安。

为人,随遇而安,是智者的智悟;
处事,适可而止,是智者的智觉。

做人,能守牢底线的,这是心志;
做事,能打破僵局的,这是斗志。

做人,常怀感恩之心,故心悦诚服;
做事,常怀敬畏之心,故心诚则灵。

做人,就一定要做真实的人,如此才会无憾;
做事,就一定要做美好的事,如此方可无愧。

干大事的人,在小事面前,绝不该因不屑一顾而无动于衷;

做小事的人,在大事面前,决不能因不敢正视而畏首畏尾。

好人做好事，好上加好；

善人做善事，善有善报。

故好人做善事，好事多磨，善莫大焉！

大人有大量，有时是说肚量，有时是说气量，有时是说胆量，故屡成大业，终成大器。

高人所以高明，有一种高见是：

面对高尚，应心生崇尚；

拥有高洁，要洁身自好。

聪明人善于发现问题，精明又善于解决问题，而高明人则善于化解难题。

自在的人，从不自寻烦恼；

开明的人，更不制造麻烦。

所以，有志者在自在中自立，有趣者因开明而开心。

有的人,一见如故,只是一种感觉;
有的人,一见钟情,则是一种感动。

念旧的人念念不忘,因为逝去的岁月中有太多美好的记忆;

恋旧的人恋恋不舍,因为收藏的时光里有太多难忘的回忆。

暂时的分别,只会牵挂;
长久的分离,却会思念;
而永逝的诀别,则会痛彻!

一般的默许,是我知道你的所需,你知道我的所求;

真正的默契,是我知道你的所思,你知道我的所想。

真正活明白的人,是该明白的时候明白,而该糊涂的时候糊涂,故“难得糊涂”才成为箴言和警句。

有的人不怕赌输赢,有的人总想赌成败,甚至不惜孤注一掷。然而,殊不知人生没有赌场,生命不设赌局,至于每个人,更不该成为赌徒。

面对明白人,直言不讳,心直口快才好;
面对糊涂蛋,难得糊涂,含糊其辞即可。

明人不做暗事,故为人坦荡;
真人不说假话,故做人坦诚。

务实的人,实心实意的想事;
踏实的人,实事求是的做事。
总之,人只要老实为本,则会心想事成。

多数人只知快乐,少数人才懂慢乐;
其乐的快与慢,作为事物的情境,它往往因人心境的不同而不同。

好心人,好听的话常说,所以总会让人高兴;
有心人,难听的话不说,所以从不让人扫兴。

正直的人,走的是正道,故任重道远;
正派的人,干的是正事,故因人成事。

只有心无旁骛的人,才会走得更快;
只有勇往直前的人,才能走得更远。

根在地下,路在脚下。故习惯仰视的人,要学会眼睛向下;而心高气傲的人,要自觉放下身架。

与人一路同行,既可肩并肩,尚可手牵手,因为路长多有不平,更有坎坷。这样,不仅可以相随相携,临危时更可以相扶相助。

人所以有能耐,一是因为有耐心,二是由于有耐性,三是关键更能吃苦耐劳。

人长得不一定帅气,只要活得大气就好;
人说话不可以低俗,只有活得低调才好。

俗话说:身正不怕影子斜。故无论行走,还是站立,都要做一个挺直脊梁的人。

在逆境中陪护你的人比在顺境中陪伴你的人，其更值得信赖，亦更值得珍重。

在顺境中从不骄纵的人固然令人敬重，而在逆境中决不言弃的人更令人钦佩。

用心，要做有心人，而不该做有心机的人；
用情，要做有情人，更应该做有情操的人。

实事实做，脚踏实地，一定会见实效；
好人好做，好自为之，一定会有好报。

不做恶人，拒说恶语，才会远离厄运；
真做好人，常说好话，才会频交好运。

睁着的眼不会认错人，故眼明心亮；
闭着的嘴不会说错话，故沉默是金。

三人为众，众志成城，实乃众望所归；
二人是从，从善如流，方可从心所欲。

二人为从,其心同则并肩一路前行;

三人为众,其志同则抱团大有可为。

故做人,同心协力十分必要,志同道合更为重要。

假设是:三个人,如果同心;两个人,如果合力;一个人,绝对渺小;

而假想:三个人,如果争斗;两个人,如果抗衡;一个人,就是力量。

对自信的人,可以笃信;

对诚信的人,可以坚信;

而对听信一切的人,不可轻信。

人无奴颜,方可超凡脱俗;

人有媚骨,则会伤风败俗。

做怎样的人,要看志向,所以必须立大志;

而怎样做人,要看志气,所以必须树正气。

爱出风头的人,总想出人头地,却不料往往事与愿违,其最坏的后果是信誉扫地,以至无地自容。

心中无我,做人从不贪一己之利;
心中忘我,做事从不图一时之功。

人各有志,故好男儿志在四方,但志大才疏者令人失望,而壮志未酬者则抱憾终生。

有志气的人从不苟且,而苟且者必然偷生;
有志趣的人决不无聊,而无聊者难以自慰。

如何做人,其实保持常态就好,故有时失态不好,偶尔变态更糟。如此久了,必然有反常态,甚至丑态百出。

面对蔑视,自卑的人失去自信,自信的人却找回自尊。

俗话说:与人方便,自己方便。其方便有种种,诸如就便、顺便。然而就便绝不是随便,诸如随心所欲;顺便亦不是听便,诸如听之任之。

对失礼之人能以礼待之,其无不让人敬佩;
对失信之人能以信服之,其无不让人敬畏。

做人要光明磊落,不然,如果心中没有了太阳,怎么会温暖人间,或者梦里没有了彩虹,又怎么会扮靓碧空。

做人,讲究名节,故要谨记的训诫有二:欺世盗名者必将身败名裂,此其一;遐迩闻名者终将实至名归,此其二。

做人,只要你的腰不曾弯过,膝不曾跪过,别人就不敢说你卑躬屈膝。

知道想做什么、不想做什么的,是一般人;
知道能做什么、不能做什么的,是明白人;
知道该做什么、不该做什么的,是聪慧人。

有底气,对许多人而言,关键时会增长志气;

有志气,对所有人而言,关键时会增添勇气。

一个人有没有胆量,要看气量有多大,气量大则胆量亦大;

一个人有没有胆魄,要看气魄有多大,气魄大则胆魄亦大。

识人要心智澄明,故不能没有第三只眼;

做人要行为端正,故不可乱伸第三只手。

大男人当然好,大男子主义却要不得。因为,前者可谓汉子,后者则为悍夫。

奉劝你的人和奉承你的人,二者相较:

谁更可信,不言而喻;

谁更可交,毋庸置疑。

再嗜睡的人,也有睡醒的时候,而真正叫不醒的是装睡的人。与此相类,真正的傻子,完全用不着猜,而始终猜不透的是装傻的人。

你不把别人放在眼里,有什么资格奢求别人把你放在心里;你不把别人当回事儿,有什么理由奢望别人把你当个角儿。

有的人总是背着光,有的人喜欢面对光,而有的人其本身就是一束光——或许这就是人与人之间的一大差异。

人都会有错,其纯属正常。而不正常的是:
其一,不知有错;
其二,知错不改;
其三,一错再错。

奢望的人,贪念不变;
奢求的人,贪心不改;
奢靡的人,贪欲不止。

如果一个人示弱,大多是由于不太自信;
如果一个人逞强,一般是因为太过自信。

人不识羞,却总把自己当葱的,是为了在需要时装象；

人不识相，却总把自己当角的，是准备在必要时装样。

撒谎能瞒天过海的人，吹牛敢把天吹破的人，连咳嗽都会虚张声势和故弄玄虚。

总把别人藏在心里揣度的人，既无聊，更无趣；
总把别人挂在嘴边猜妒的人，既世俗，更庸俗。

人要想培养良好的习惯，就必须远离陋习；
人要想培育良好的习性，就必须远离恶习。

为了成熟，就要摆脱世故；
一旦成熟，必然远离世俗。

那些无缘无故笑话别人的人，其万万没想到的是：这一无端的陋俗，往往不仅给他人留下笑柄，甚至会成为茶余饭后的笑谈。

只有口是心非的人，才会总说别人不明是非。

这样的人,要么是随意混淆是非,要么是随性颠倒是非。

人无助时,往往轻信那些绝不可信的话;
人无聊时,往往取笑那些并不可笑的事。

惯于空谈的人,思想一定贫乏,故言之无物;
嗜于奢谈的人,灵魂一定苍白,故言而无信。

面对不苟言笑者,最好不动声色;
面对不可思议者,只能不以为然;
面对不知所措者,则宜不置可否。

发呆时,人是幼稚的;
发傻时,人是弱智的;
发愣时,人是愚莽的。

有权威的人,一旦失信后必然有损威严;
爱虚名的人,一旦失宠后必然有伤名声。

不懂得汲取教训的人,则不会在自省中快速成长；

不善于积累经验的人，则不会在清醒中尽早成熟。

被绊倒的，往往是走路不看脚下的人；
掉进沟的，大多是赶路只顾抬头的人。

人无见识，无识不是真无识，是无所用心；
人无胆识，无识不是真无识，是无所作为。

只看表面的人，不懂什么是内秀；
只重形式的人，不解什么是内涵。

明白人干糊涂事，令人惋惜；
糊涂人干愚蠢事，令人痛惜。

好大喜功的人，因为妄想，故好高骛远；
急功近利的人，因为痴想，故急于求成。

貌似发力的人，如果发出的只是虚功，则决不会见实效；

貌似拼力的人,如果拼出的只是假象,则绝不会有实绩。

一个总活在悲痛记忆里的人,很难有美好的憧憬;

一个总活在哀伤回忆里的人,很难有美丽的愿景。

智者三思而行,知行合一,故无往不胜;

愚者视而不见,听而不闻,故无所适从。

知识和智识、智识和智慧,三者相关却不相同,故人生能变知识为智识的,才有卓识,进而能把智识变为智悟的,则是智慧。

无论为人,还是处世,都必须讲“度”。

其为人适度的,方为智者;

其处世失度的,则是愚者。

海誓山盟的人,不足信,这是智者的经验;

趋炎附势的人,不可交,这是愚者的教训。

愚者之愚,惯于自以为是;智者之智,善于以人为镜。故自以为是难免自取其辱,而以人为镜则可镜明得失。

“只有半杯水”和“还有半杯水”,这其实是一回事,但看似不同的表述,其前者表露的是愚者审视问题的心态,而后者则呈现的是智者思考问题的心境。

大智若愚,故被赞誉;
大巧若拙,故被称誉;
大爱无疆,故被美誉。

有所智,还是无所知;有所为,还是无所谓——有无相比若此,二者之差可谓天壤之别。

做人,高调还是低调,是两种完全不同的境界,而智者修为的持守是:就低不就高,低成就高。

能把任性变作理性的,是智者;

能把理性变作智性的,是悟者;
能把智性变作悟性的,是觉者。

能看破世事的,是真智慧;
而看破不说破的,是大智慧。

面对困惑,聪慧可能推开的是一扇窗;
面对迷惑,智慧可能开启的是一道门。

重情义的人,情商高,故遇事通情达理;
有智慧的人,智商高,故处事足智多谋。

成长的时光里,感知慢慢长进的是知性之觉;
成熟的岁月里,理智渐渐熟化的是智性之悟。

人人都可能有骄人之处或傲人的地方,但智者即使如此亦从不骄纵,而志者即使如此亦从不恃傲。

小聪明不能说高明,太聪明难说是精明。而知舍并舍而后得者,才最明智。

小聪明,难有大智慧;太聪明,有时聪明反被聪明误——因误导而误入歧途。

一般而言,人生总有迷路的时候,这其中凡执迷不悟的,皆为愚者,而能迷途知返的,则为智者。

前行,如果一旦方向错了,能够及时止步的是知觉者,而能够适时转身的是智觉者。

不为无奈的事劳心,是一种理智;
不为无聊的人分神,是一种明智。

能把自重衍变为自尊的,才是智者;
能把自省禅变为自醒的,必是悟者。

有时知足的是智者,有时知不足的是慧者,而既知道什么时候知足、又知晓什么时候知不足的是悟者。

想得太简单,难免幼稚;

想得太复杂,难说精明。
真正的慧悟,是大智若愚和难得糊涂。

古语云:人无远虑,必有近忧。故此,只有智者的远见,才是卓识;只有志者的高瞻,才会远瞩。

智者善谋,勇者果敢,如此智勇双全才会最终成为人生的赢家。

面对威胁时而能不动容的,必然是强者;
面对利诱时而能不动心者,当然是智者。

舍弃,并不是放弃,正像规避,并不是退避,其前者是取舍的智略,后者是进退的智谋。

对志者而言,他人的自卑,是对自己自信的解悟;
对智者而言,他人的自负,是对自己自谦的启悟。

志者说:改头换面难有大出息;

强者说:改天换地才是大作为。

善于造势,是志者制胜的韬略;
善于借势,是智者完胜的谋略。

趁势而上,既是一种勇气,又是一种魅力,当然也是一种智慧,故智勇双全的人,其借势则势如破竹,其造势则势不可挡。

有时解决不了的问题最后成为难题,然而,面对智者,再难的难题也会破解;

有时解决不了的难题最终成为难关,然而,面对志者,再难的难关也会跨越。

人的气度,即气质的风度,故志者的风度中可见风采,勇者的风采中可见风范,强者的风范中可见风骨。

知足常乐,并乐此不疲的是真智者;
知耻后勇,并勇往直前的是真强者。

仁者之仁,就在于忘却曾经施惠于人;
贤者之贤,就在于不忘曾经受惠于人。

决不好高骛远,这是智者的智聪;
从不好大喜功,这是仁者的仁德。

我们高山仰止,因为仁者乐山,故而捷足可以先登;

我们观海听涛,因为智者乐水,故而扬帆可以远航。

青年人励志,其有时志气讲出来皆如誓言;
老年人增智,其许多智慧说出来有如格言。

无论谁,也不管何时;
胆大若无胆识,便是鲁莽;
胆壮亦有胆量,则是勇敢。

俗话说:知足常乐。它既是“吃亏是福”丰富内涵的题中之意,又是“难得糊涂”深邃外延的意中之蕴。

不幸,有时是本该糊涂的时候却不甘糊涂;

庆幸,有时是不该吃亏的时候却吃亏得福。

没腿脚,却想高攀;

不展翅,却想高翔——

最蠢的奢望,无过于此!

相信一切,是愚昧的轻信,所以相信谁、信什么、信多少,唯一的权威是用事实说话。

道听途说,不足以信,信则愚昧无知;

痴人说梦,不屑以听,听则肤浅无聊。

被无情欺凌的,一般都是弱者,而且是既柔弱又懦弱;

被虚情欺骗的,往往都是愚者,而且既愚昧又愚顽。

再三掉入同一条沟的人,和一再被同一块石绊倒的人,二者蠢的表现虽有不同,但愚的程度却丝毫不差。

快与慢,没有绝对的对错,其皆因人、因事、因时而异,故既有“欲速则不达”又有“慢工出细活”的训导。

古语云:勤能补拙。而与此相反,懒惰使“拙”变得要多愚有多愚,懒散使“拙”变得要多笨有多笨。

成败虽是人人关心的话题,但智者更关注的是面对成败时所应有的心志,因为这关系到更大或最后的成败。

成功者开始都是一路结伴同行的,有的人所以失败是因为中途掉队,其有的干脆自暴自弃,有的甚至背道而驰。

人生难免失败,其中被困难吓退的有,被危难吓跑的有,而最终被击垮和吓退的则往往是由于自己的懦弱和逃离。

面对成败,是成熟还是幼稚,其关键之一是看各自是否有清醒的认知与平和的心态。

面对成败,就现实而言,成功不是没有机会,而如果真的没有成功,就实践而言,一定是没有抓住机遇。

一时失败不会永远失败,一次成功并非最后成功。故此,“胜不骄,败不馁”才成为人生持修的箴言。

人皆有本性,虽各守本分且不失本真当然好,但真正能够最终决定人生成败和输赢的,则是看有什么真本事和有多大真本领。

每个成功人士,既应有志气,也要有才气,当然正气亦不可缺,骨气更不能失。

成功当然美好,有时更加美妙。诸如:有的是成于天道酬勤,有的是成于画龙点睛,有的是成于水到渠成,而有的则是成于曲径通幽。

成功虽然可喜,但不应吹捧,更不该浮夸,否则,很难功成名就,甚至功败垂成。

马到成功,作为一种祝愿,它的丰富内涵让人想到:一马当先、马不停蹄、快马加鞭……总之,要想成功,既能早起步,又得不停步,更要迈大步。

何谓才能,即才智和能力;

何谓能耐,即能量和耐力。

所以,真正的成功人士,这些素养和品质缺一不可。

不怕失败和不屑失败虽一字之差,其结果会截然不同:前者常常转败为胜,后者则会一败涂地。

只有不怕输、输得起的人,赢的概率才会更大,同时也才真正更懂得“赢来不易,输也无愧”一语微妙的意蕴。

正常时决策，如果舍本逐末，必然失误；

关键时决断，如果本末倒置，必然失败。

教训作为失败所付出的代价，只有华丽转身成为经验后，才会嬗变为成功之母。

无论谁，面对得失成败，是成熟还是幼稚，其关键之一是看各自是否有清醒的认知与平和的心态。

得失的悖论：

有时看似很多，其实不然；

有时看似很少，也不尽然。

因为更多所拥有和更少所失去的东西，往往截然不同。

得失本寻常，但怎样理解“舍得”一词的哲学意蕴，却要有智慧的思悟：

其一，有舍才有得；

其二，先舍而后得；

其三，舍其不舍，方可得所难得。

得失本无常,故失去的既然失去,自不必惋惜,而得到的已然得到,则务必珍惜。

只知得,不知失,要么得来不易,要么得而复失,要么得不偿失。

得到的,如果太轻易,一般不懂珍惜;
失去的,如果不经意,大多不觉可惜。

近在咫尺,看似唾手可得,而如果望而却步,其必然功亏一篑。

古语云:鱼与熊掌,不可兼得。而几千年来面对这道选择题,却有多少人在抉择关头交了白卷。

烦恼还是快乐,作为一种心态,它们的差异——最大的烦恼是心存忧烦,而真正的快乐则是乐天知命。

自己温暖,同时能把温暖传递他人的则是温馨;

自己愉快,同时愿把愉快与他人分享的则是愉悦。

助人为乐,方可其乐融融;
安居乐业,才会其乐无穷。

倾心的微笑,是快乐;
会心的微笑,是愉悦;
而长久地保持快乐和愉悦,则始而心情舒畅,继而心旷神怡。

快乐的心境是快慰,健壮的福报是健康,平顺的愿景是平安。

不快乐的人不会幸福,这是常情;
不努力的人难以成功,这是常理。

奢望者奢求,总觉得快乐离自己很远;
知足者知止,发现快乐其实就在身边。

快乐可以是流行的,但决不能是世俗的;

娱乐可以是时尚的，但决不能是奢靡的。

幸运，不轻信微笑；
厄运，不相信眼泪；
命运，则坚信意志和魄力。

什么是苦，什么是甜，先苦后甜才有滋有味；
什么是成，什么是败，反败为胜才有所作为。

“苦”是用口吃的，“甜”是用舌尝的，故苦要学会大口吞咽，而甜则须细细咀嚼。

有苦吃不怕，而真正怕的是有苦不肯吃或吃不消，而当不肯吃时则苦不堪言，而当吃不消时则叫苦不迭。

困难太多，便成为苦难；
苦难太深，便成为灾难。
故人生要想大有作为，不仅要面对困难，经受苦难，更要战胜灾难。

痛苦,如若一时挥之不去,总要学会坚强;艰苦,如若一时难以改变,必须学会顽强。

悲者必痛,痛者必苦,这是常态。然而,可以改变的是:悲痛,只要找到幸福,则会远离;痛苦,只要找回快乐,则会摒弃。

清者自清,浊者自浊,既没必要标榜,更不应该掩饰,否则,本来清正的也不再清白,而原本混浊的则更加污浊。

无论故意伪装,还是有意伪造,都是人之所为,故做人一定要既真又实,才不妄为人。

无论装饰,还是修饰,都是生存的需要,但绝不该的是把装饰变成掩饰,当然更不能把修饰变成粉饰。

过分的修饰,要么是虚,要么是伪,故丑化的是真相;

过度的掩饰,要么是假,要么是装,故扭曲的是本性。

面对和身处俗世，一旦是非混淆、真假难辨、美丑不分时，骗子就会肆无忌惮和欺世盗名。

以假乱真，是弄虚作假，故真被亵渎；
去伪存真，是真伪善辨，故真被守护。

故弄玄虚与原本无知相比，更显出其虚荣；
弄虚作假与原本幼稚相比，更显出其虚伪。

丑态不好看，故不顺眼；
假话不好听，故不顺耳。
而当把丑态还原真相，把假话回归真情，则会既顺心，更顺理。

诺言，绝非戏言，戏言非玩即闹；
誓言，决非大话，大话非假即空。

话里有话，会听的人，善辨好坏；
天外有天，得悟的人，自知进退。

简单地评估他人不难,准确地评析他人不易,但无论难易,只要客观和公正,怎么评都不会太差。

好消息怎么对人说,越平静越好,静则安心;
坏消息怎么与人讲,越冷静越好,静则安分。

寡言和慎言,都表现为少语,但其寓意却完全不同:前者是无话可说,后者是知道什么该说什么不该说。

聊天,是人际关系必不可少的一种沟通。
其若是尬聊,当然不聊为好;
其若是闲聊,显然适度才好;
其若是趣聊,自然默契最好。

少说为佳是经验,故牢记心头的俗语是守口如瓶;
祸从口出是教训,故铭刻心底的箴言是沉默是金。

好话好说,诚然要耐心听;
真话真说,自然要用心听;
至于假话胡说,大话乱说,空话妄说,当然不能听之任之。

在我们所有说过的话中,真诚的感人,实在的动人,而那些骗人的假话则让践诺的人不屑,那些吹牛的大话更让守信的人鄙视。

感动的话,即使连篇,也只会使人心动一时;
感恩的情,哪怕点滴,也足够让人感怀一生。

无论说话,还是办事,讲究干脆利落;否则,如果拖泥带水,必然泥沙俱下。如此,其结果只能是:说话,话说不清;办事,事难办成。

承诺,一诺千金,故只有践诺,方为诚信;
誓言,一言九鼎,故只有立言,方为守信。

一言为定,作为一种诚信,笃定就要咬定,而咬定即是铁定。

训导也好,训诫也好,训示也好,训育也好……切忌信口开河,而应循循善诱。

与人沟通,婉言还是直白,宜视情而定,若是善者,其婉言即是婉言的心志,而直白则是直白的心性。

如果言不由衷,说不如不说;
如果言之无物,说了也白说;
如果言而不实,谁说谁失信。

夸人的话,说多了说滥了反而会被忘记;
损人的话,哪怕只几句也可能记一辈子。

故说话无论褒贬,首先要真诚和实在,其次应节制和适度。

废话少说,说了也无用;
错话不说,说了更无益。

故要说就说真话、实话,而只有真诚和实在,才会做一个真实和正直的人。

被赞誉,会令人高兴,甚至兴奋,但客观真诚的赞誉一定要中肯,切不可言不由衷,更不该言过其实。

漂亮话容易说,也可能随意说,而漂亮事一旦真做并做漂亮,实属不易。

胡言难以取信,乱语难免失信。故好话好说是有诚意,实话实说是讲诚信。

花言巧语不真,流言蜚语不实,胡言乱语不诚——总之,言语一旦如此,不仅失信,更是失德。

谎言对实话说:你真傻;

实话对谎言说:你太猾。

然而事实是:说归说,做归做,只要言而有信和言行一致,真的假不了,假的真不了。

说谎者的荒谬,是妄图用谎言欺人;

说谎者的荒唐,是甘愿被荒诞自欺。

口不择言，说话太随性，故往往废话、怪话连篇；

口无遮拦，说话太任性，故往往大话、空话成堆。

言不由衷，失言不惭，自夸其实是自欺；

言过其实，出言不逊，自吹其实是自毁。

风言风语，说者无聊，听者无奈；

闲言碎语，说者无趣，听者无味；

花言巧语，说者无稽，听者无益；

胡言乱语，说者无度，听者无辜。

谎言四赴流窜时，不听为好，不信为佳，不传为上。

说谎得再巧，一旦撒多了，其无论深藏玄机还是惯用邪术，最终必然在事实面前原形毕现和无地自容。

赌咒发多了,便成为魔咒,故不宜轻发;
恶誓发多了,便成为毒誓,故不该妄发。

话痨无聊不好,一旦开说则没完没了;
吵闹无理更糟,一旦开骂则又骚又扰。

大大咧咧有时表现得嘻嘻哈哈,这是随性;
叽叽喳喳有时表现得吵吵闹闹,这是恣意。

小吵小闹还可能只是一种无聊,一般无伤大雅,而大吵大闹则不然,其大吵往往丧失理智,所以伴随的必然是无理取闹。

打人不打脸,脸是尊严,故打脸的太没有人性;
骂人不骂娘,娘是最亲,故骂娘的更有辱人性。

闲话多的地方,缺少的是友情;
假话多的地方,丧失的是真情;
空话多的地方,亏欠的是实情。

"你好吗?"如果是关切的问候,那么"你还好吗”,作为一种关注,似乎又多了一份亲切。

多结善缘的,才会有互慰的真情;
多行善举的,才会有因果的福根。

真情可爱,深情可贵,恩情难忘,常情难舍……故情商高的佳境,其初始知情只是入境,终而通情才是化境。

温情和痴情都是真情,如果有所不同的话,前者让人感动,而后者则令人陶醉。

乡愁不是乡怨,故不会尤怨;而乡思即是乡恋,其有爱恋、有依恋、有怀恋、有眷恋……总之,恋恋难舍。

不管思念里有多少眷恋,不管眷恋里有多少思念,牵挂陪伴四季不舍昼夜。

精神家园

理想远大
志向宏大
实力强大
贡献巨大
形象高大
精神才会为之伟大

理想远大,志向宏大,实力强大,贡献巨大,形象高大,精神才会为之伟大。

信仰是生命的阳光,思想是生命的营养,精神是生命的力量。

只有思想高尚,生命之真与美才会生根发芽;
只要精神崇尚,生命之美与善就会开花结果。

信仰是阳光,思想是营养,精神是力量,谁拥有得越多,谁就会更有志向,更有担当,亦更有作为。

思想可以远行,精神可以屹立。其远行的思想是真谛,而屹立的精神是真理。

灵魂所以闪光,因为曾在磨难中接受检验;
精神所以不朽,因为曾在危难中经受考验。

做人,精气神缺一不可。故抬不起头有的是精神不振,挺不直腰有的是气量不大,站不正身有的是神魂不定。

大爱作为一种精神和力量，我们每个人不仅会感受和分享，更应该传递和弘扬。

世界需要和平，社会需要和谐，家庭需要和睦……由此，“和”作为中华民族传统文化的精神和精髓可见一斑。

贫困，一般是指物质和财富上的极度匮乏；
苍白，有时是说思想和精神上的极度空虚。

财和物再多也有数，更何况得失各有利弊，故拥有思想才是人生真正的富有，而拥有精神则是生命永恒的财富。

无论优秀的人才，还是成功的人士，素质和潜质如何与其所具备和持守的信念和追求、能力和智慧、思想和精神等等无不密切相关。

敢拼搏，就是不怕输；
敢挑战，就是不服输。

故只要有志向,才会有追求;
而只要有精神,就会有奉献。

信念是一种向往,追求是一种力量,奋斗是一种精神,成功是一种辉煌。

追求,固然重要,但更重要的是目标是否远大,方向是否正确,信念是否执着。

在追求成功的路上,难能可贵的前进是以退为进,喜出望外的获胜是反败为胜。

有理想,有信仰,生命自会闪光;
有追求,有奉献,人生才有辉煌。

追求,是人生的向导;
挫折,是追求的驿站;
成功,是挫折的馈赠。

自信不是专利,追求不是特权,它们的共同属性是只属于理想和抱负远大的人生。

既然追求，虽然希望可能一时失望，但会在短暂失落后重拾信心；因为妄求，所以奢望必然通通绝望，故最终深陷失意而难以挣脱。

追求作为人生的交响乐章，成功与失败都是它的音符和旋律。

事半功倍，实属不易；

马到成功，不会轻易。

其既考验的是追求者的意志和毅力，而更考验的是探索者的志向和智力。

只有造福人类和社会，才有幸福的人生。而相反，初始既无理想，更无追求，进而既无创造，更无奉献，却坐等幸福的人，则拒幸福于千里之外。

人生成败，往往与之一路前行所追求的目标相关，因为有怎样的前路，才可能有怎样的前景和前程。

有理想却中途放弃,即使再远大也是空想;有追求却半路摒弃,即使再高远也是奢求。

追求路上,带着伤却仍在奔跑的人,不失为一种坚强;

一路前行,忍着痛却依然攀登的人,不失为一种坚韧。

愿望当然美好,但只有努力打拼,才可能如愿以偿;

愿景更加美妙,但只要奋力拼搏,就不会事与愿违。

在希望的路上,一路前行是有勇气的人;

在追求的路上,一路远行是有志气的人。

何为渴望? 是希望在希望的路上,而且大路朝阳;

何为绝望? 是奢望在奢望的梦中,而且常梦不醒。

奋力前行的人,无论各自起点在哪儿,也不管各自走过多少弯路,只要目标和方向一致,其终极的结果是:殊途同归。

如果我们的弯路会成为他人的捷径,那么他人的捷径亦会成为我们的坦途——如此结伴一路同行,则会前途无量。

只要起步,就是前行;
只有坚持,才会远行。
故古语有云:千里之行,始于足下。

千里之行,始于足下。故只要坚持不懈,一步一个脚印,只有勇往直前,一步一级台阶,路才会在脚下不断攀越和延伸。

我们说千里之行,是因为信心和前路就在脚下;

我们说一路远行,是因为信念和追求永在路上。

远行，当无路可走时，只要信心在，路就在前方；

前行，当走投无路时，只要信念在，路仍在心中。

就路而言，路走的人多了，会越走越宽；就走路的人而言，谁坚持的时间长，谁就会越走越远。

脚踏实地，循序渐进，方可步步为营，一路前行；

好高骛远，急功近利，则会故步自封，半途而废。

路在脚下，一路前行，路越走越远；
路在前方，一路畅行，路越走越宽。

既走得稳，又走得快，只有选对了方向和目标，才会一路远行。

大路朝阳，一路前行，且渐行渐远；而如遇山路九曲十八弯，不管在哪一弯曲处止步，都会前功尽弃。

山路九曲十八弯,它启示我们:
曲折也是前进,九曲才会远行;
盘旋则是攀升,十八弯才会登峰。

读书,开卷有益。故年轻时靠悦读畅想人生,年迈后则靠悟读诠释生命。

书是阳光,它使思想者播种耕耘;
书是阶梯,它使思想者攀登向上;
书是大学,它使思想者一路远行。

嗜读书,既要读好书,又要多读书,一本好书一片天;

喜交友,既要交益友,又要多交友,一个益友一条路。

“知识就是力量”。这其中,对“知识”入情入理的解释应该是:其既包括从书本中学到的认知,同时也蕴含在实践中经历的见识。

人生如果是一本书，只能赏读一次，故一定要认真品赏和悦读，尽量少给和不给自己留憾。

就读书而言，你若想了解一个人的修养，一般要看他读了多少书，而你若想知晓一个人的涵养，则必须看他读懂多少书。

读万卷书，要活到老学到老，忌死读书读死书；

行万里路，要经风雨见世面，宜趁盛年趁强健。

为学之道，宜博采众长。其无论“大家”还是“名家”，可谓“众长”之长，故应爱之、慕之，当然更要学之、采之。

人非生而知之，学然后始知不足。

故求知，要做到五忌：

一忌满，因为满则无求；

二忌骄，因为骄则无深；

三忌惰，因为惰则无进；

四忌躁，因为躁则无成；

五忌袭，因为袭则无新。

多读书当然好，会读书更重要。
故此，有三句古训必须谨记：
“学而时习之”，此其一；
“温故而知新”，此其二；
“学而不思则罔，思而不学则殆”，此其三。

阅读，让我们学会思考；
思考，让我们体知感悟；
感悟，让我们增长智慧。

应该学的，要多学，才可能学有所成；
需要学的，要学好，才可以学以致用。

一般而言，只有既好读书又读好书的人，才会开卷随增智识，掩卷每生智悟。

治学，温故知新，方可学有所进；
研学，吐故纳新，方可学有所成。

勤读,其苦不觉时长;
趣读,其乐只觉日短;
闲读,其悠则不觉时日散漫。

经典不读,美文不赏。如此久了,岂止是目盲,而更会心盲。

美文可以赏心悦目,百读不厌;
经典则可惊心动魄,历久弥新。

好书怡情,故情之所至,每读每有收益,可谓开卷有益;
美文养性,故性之所致,每读每有受益,可谓多多益善。

既不喜闻,亦不乐见,必然孤陋寡闻;
既不好学,亦不善思,必然才疏学浅。

心有闲情,闭户读书,是谓自娱自慰;
心无旁骛,闭门思虑,是谓自觉自省。

书若好,不可不读;
诗若好,不可不诵;
画若好,不可不赏。

读书有趣,赏画生趣,故都乐在其中。而不同的是:读书更多的是乐在情趣中,赏画更多的则乐在意趣中。

大雪纷飞,诗人窗下听雪,画家亭外赏梅,而游子则在山中踏雪寻梅。

书痴说,有好书则会悦读;
诗人说,有明月则会邀赏;
旅行家说,有秀美山水则会畅游。

一般匠人只会说:朽木不可雕;而真正的艺术家,则可以化腐朽为神奇。

娴熟于文,只有了然,情真构思才新;
精妙于诗,只有了悟,情深立意才美。

父亲的乡思留在草原；
母亲的乡恋守在河边；
诗人把思恋寄情字里行间。

后　　记

文学是我人生最初的梦，它美丽、漫长而平实。

我的文学梦，是从诗歌开始，由随想而升华。

我写诗是“有心栽花”，它既是最初的兴趣，也是至今的爱好；我写随想是“无意插柳”，虽半路起家，却一发而不可收，竟成了我生命的难舍和不弃。

这是我在《一个思想者的远行——巴特尔随想文集》（八卷本）后记中开头写的几句话。正因为如此，才又先后有了两本随想文集的相继结集出版。

2015 年，我的随想文集《若有所思》出版，内容系为《北方新报》两年零七个月所写专栏文章“所思录”的结集。时隔两年，即 2017 年 9 月我又出版了另一本随想文集《思露花语》，内容系为《北方新报》新的专栏“思露花语”两年零九个月所写文章的结集。当时,在书的《后记》中曾经写道:“《思露花语》一书的出版不负众望,再次见证了一个思想者在远行探索的路上的坚持和不舍,当然路还在路上,梦还在梦中,只有继续一路前行,才会真正实现‘把短语进行到底’的美梦!”

正因为怀着如此的愿望,时隔两年多,又于2019年10月开始编辑整理准备出版一本新的随想文集《尔雅心语》,书中内容依然是为《北方新报》“思露花语”专栏所写随想文字的结集。至于书名的构想,所以如此设定,这里不得不特别提及的是书爱家张阿泉曾先后为《若有所思》和《思露花语》两书所写的《序》:《若有所思》序的标题是《把短语进行到底——序作家巴特尔新著短语集〈若有所思〉》;《思露花语》序的标题是《短语写作中的细微派——序作家巴特尔短语新著〈思露花语〉》。受此启悟,加之“诗意”和“哲理”随想短语特点和风格的定位,《尔雅心语》书名中“尔雅”一词的寓意,即指所写“短语”的特点——精细而入微,而“心语”一词的寓意,即指所写“短语”的内容皆为心灵的悟语。综上所述,作为随想短语写作,《尔雅心语》可以视为《若有所思》和《思露花语》的延续和接力，当然也是一个思想者远行的新的路标和里程，同时也是“将短语进行到底”的又一实证。总之，美丽的文学之梦，梦还在梦中，路还在路上，只愿所思和随想的短语，沐浴日月，穿越四季，一路远行。

写到这里，有许多感谢的话要说。首先，要感谢内蒙古人民出版社一直以来的赏识和青睐，对一个有梦的文学爱好者，这始终是最真诚和最有力的激励和鞭策；然后，要感谢的是王世喜主任再次为新书出版所付出的无私关注和倾情付出的真情，可谓难得难求；还有，要感谢的是书爱家张阿泉为新书面世再次作序，这样的“序缘”和长情，实属弥足珍贵；最后还要感谢的是广大读者这许多年来一如既往对我或书中或报刊所写随想文字的喜好和偏爱，当然这其中更应该铭记的是那些曾先后为我随想文字写下鞭策和激励评介诗文的青城书界的各位良师益友，是你们的真爱、深爱，是你们的寄情、寄语，让我们在同行的路上相携相伴，一步一个脚印，渐行渐远……

2013 年，在《一个思想者的远行——巴特尔随想文集》(八卷本)由内蒙古人民出版社出版的同年同月,由生活·读书·新知三联书店出版了《随心所语——巴特尔随想精选集》一书,这些成果的现世,我当时既感到振奋,更觉得欣慰。其中,在《随心所语》“后记”的最后一段中写道:“岁月不居,时节如流,但畅游的思想永远不会老去。……远方,有梦光明的际遇;远方的远方,有梦灿烂的期许。我希望自己是一个清醒的梦游者,而且只要梦在路上,就一定会见山外青山,会有景中美景。”这些话,这么多年,像种子一样,一直根植在我的灵魂中发芽,所以愿以此再次作为《尔雅心语》新书《后记》中的结语,并以此自勉、自励!

2019 年 12 月 12 日初稿

2020 年 3 月 29 日定稿于秋实斋